SI JE RESTE

L'auteur

Gayle Forman est une journaliste réputée, primée pour ses articles. Elle vit à Brooklyn avec son mari et leur fille. *Si je reste* est déjà un phénomène d'édition, avec une sortie mondiale dans plus de vingt pays et une adaptation cinématographique en cours par les producteurs de *Twilight*.

Du même auteur
Chez Pocket Jeunesse

Les cœurs fêlés
Là où j'irai

GAYLE FORMAN

SI JE RESTE

Traduit de l'anglais (États-Unis)
par Marie-France Girod

OH ! ÉDITIONS

Titre original :
IF I STAY

Préface de l'éditeur

Plongée dans un coma profond après un accident, Mia, dix-sept ans, vit l'angoisse du funambule : sa vie ne tient plus qu'à un fil, tendu entre la vie et la mort. Défiant les lois de la pesanteur, elle flotte au-dessus de son propre corps qu'elle semble avoir quitté. Curieusement, elle peut se déplacer et suivre ses proches qui se relaient à son chevet. Et pourtant, ce fil de vie, ténu mais très fort, lui laisse une terrible liberté. « Si tu veux partir, tu peux», lui dit son grand-père. La décision lui appartient donc totalement. C'est elle qui « mène le jeu ». La prise de conscience est implacable. « Si je reste. Si je vis. C'est moi qui décide. »

Vingt-quatre heures : il lui reste une journée pour prendre sa décision. Chaque séquence du récit égrène les heures qui la rapprochent de la résolution finale, de 7 H 09 à 7 H 46, le lendemain. Et le passé revient par bribes, qui enserrent les dramatiques instants de l'hôpital, dynamisent le rythme de la narration et restituent le processus psychologique par lequel Mia va devoir assumer son choix. Car elle ne peut s'y résoudre qu'en revisitant les moments forts de sa jeune existence, dans

5

lesquels sa famille – originale mais attachante – et son petit ami Adam – qui suscite bien des jalousies – tiennent une place essentielle.

Et fondamentalement il y a dans cette prise de conscience la passion pour la musique, centre nerveux de l'histoire et élément essentiel dans le choix final de Mia – *la* musique, au sens le plus large du terme. Une musique omniprésente depuis sa prime enfance. Son père, punk assagi, a été batteur et parolier. Son frère Teddy, huit ans, suit les traces de leur père. Quant à Adam, chanteur et guitariste des Shooting Stars, il fait des débuts remarqués en assurant la première partie du show de Bikini, un groupe de rock déjà célèbre. Mia, elle, a choisi une voie musicale radicalement différente, mais qu'elle assume pleinement. Elle joue du violoncelle et rêve d'entrer à la Juilliard School, la prestigieuse école new-yorkaise de musique classique, qui a aussi formé son idole, le violoncelliste mondialement connu Yo-Yo Ma[1].

Or, non seulement la musique *rythme* au quotidien la vie de Mia, mais elle *agit* aussi de manière déterminante sur le destin de l'adolescente. Quelques temps forts du récit en portent témoignage. Ainsi, au moment de l'accident, alors que la famille écoute dans la voiture une sonate pour violoncelle et piano de Beethoven, Mia

---

1. Né en France en 1955 de parents chinois, Yo-Ya Ma a commencé ses études au conservatoire de Saint-Germain-en-Laye et les a poursuivies à la Juilliard School. Ouvert à toutes les formes musicales (jazz, tango, musiques traditionnelles, musiques de films…), il a été nommé, avec d'autres musiciens connus, ambassadeur de la paix pour l'ONU.

perçoit « une symphonie de grincements, un chœur d'éclatements, une aria d'explosions et, en guise de final, le claquement triste du métal se fichant dans le tronc des arbres. » Plus tard, les chirurgiens qui l'opèrent écoutent de la musique classique, puis du jazz. D'autre part, lorsque Mia se remémore ses premières amours avec Adam, la musique est étroitement associée au début de leur liaison, lors d'un spectacle donné par Yo-Yo Ma. La musique *participe* aussi à leurs premières étreintes. Gayle Forman[1] associe sensualité amoureuse et musique dans une métaphore filée qui mêle intimement les sensations tactiles et auditives jusqu'à constituer un concert de synesthésies. Le premier mouvement de cette symphonie amoureuse est lancé par Mia : « Joue de moi comme si j'étais un violoncelle », lance-t-elle à Adam qui va provoquer un « vertigineux crescendo » de frissons.

Restent les moments les plus émouvants, puisqu'ils vont agir de manière déterminante sur la décision finale de Mia. D'abord le spectacle impromptu que donne la chanteuse Booke Vega du groupe Bikini (« la diva du rock indé ») dans les couloirs de l'hôpital. Surtout le morceau joué par Yo-Yo Ma qu'Adam fait écouter à Mia, encore inconsciente, grâce à des écouteurs qu'il a placés sur ses oreilles.

Cette ultime « transfusion » sera-t-elle suffisante pour la sauver ?...

---

1. L'auteur a décidé d'entreprendre un *musical tour*, avec lectures et dédicaces dans huit villes américaines. Un intitulé qui témoigne de sa passion pour la musique, dont le film *Si je reste* (on annonce le début du tournage) devrait aussi porter l'empreinte.

À Nick
Enfin... Toujours

7 h 09

S'il n'avait pas neigé, sans doute ne serait-il rien arrivé.

Ce matin, à mon réveil, une fine couche blanche recouvre le gazon devant la maison et de légers flocons tombent sans relâche.

Dans la région de l'Oregon où nous vivons, quelques centimètres de neige suffisent à paralyser l'activité du comté pendant que l'unique chasse-neige dégage les routes. Il n'y aura donc pas classe aujourd'hui. Teddy, mon petit frère, pousse un cri de joie en entendant l'annonce à la radio. « On va faire un bonhomme de neige, papa ! » s'exclame-t-il.

Mon père tapote sa pipe. Il est dans sa période années 1950 et fumer la pipe en fait partie, avec le port du nœud papillon. Je ne sais si c'est une façon de montrer qu'il est rentré dans le rang, en tant qu'ancien punk, ou s'il s'est vraiment assagi en devenant professeur d'anglais. Toujours est-il que j'adore l'odeur de son tabac, un arôme à la fois doux et épicé, qui me rappelle l'hiver et les feux de bois.

« Avec cette neige molle, le résultat ressemblera à une amibe, j'en ai peur », répond-il en souriant à Teddy.

Il n'est pas mécontent que tous les établissements scolaires du comté soient fermés, y compris mon lycée et le collège où il enseigne, car il bénéficie d'une journée de congé inattendue, lui aussi.

Ma mère, qui travaille pour une agence de voyages de la ville, éteint la radio. « Si vous vous la coulez douce tous les trois, il n'y a pas de raison que j'aille accomplir mon dur labeur, dit-elle en se versant une autre tasse de café. Ce ne serait pas juste. Je vais prévenir de mon absence. »

Après avoir passé son appel, elle se tourne vers nous. « Et si je préparais le petit déjeuner ? » demande-t-elle.

Sa question déclenche mon hilarité et celle de mon père. Il faut dire que, chez nous, c'est lui qui est aux fourneaux. Sur le plan culinaire, ma mère limite son apport au strict minimum et tout le monde s'en porte bien.

Elle fait mine de ne s'apercevoir de rien, fouille dans un placard de la cuisine et en sort un paquet de préparation pour pâte à crêpes.

« Vous voulez des pancakes ? interroge-t-elle.

— Oui, oui ! hurle Teddy en agitant frénétiquement le bras. On peut en avoir avec des pépites de chocolat ? »

L'énergie de mon petit frère m'étonnera toujours.

Maman me tend un gobelet de café fumant, puis va chercher le journal.

« Regarde à l'intérieur, Mia, il y a une photo sympa de ton petit copain », annonce-t-elle en me jetant un regard en coin accompagné d'un haussement de sourcils. C'est sa façon de me faire savoir qu'elle se pose des questions. « On ne l'a guère vu depuis cet été.

— Je sais. »

C'est le revers du succès que rencontre Shooting Star, le groupe rock dans lequel joue Adam. Je ne peux retenir un soupir.

« Ah ! la célébrité, quel crime de la laisser gâcher par des jeunes ! » déclame papa, paraphrasant la formule de George Bernard Shaw sur la jeunesse. Mais son sourire contredit ses paroles. En fait, il est fier de la réussite d'Adam.

Je feuillette le journal. À la page des loisirs, après un long article sur le groupe Bikini illustré par une grande photo de leur chanteuse, la diva punk-rock Brooke Vega, je découvre en effet quelques lignes sur l'orchestre local Shooting Star et une petite photo de ses quatre membres. Bikini est en tournée nationale, peut-on lire, et Shooting Star assure leur première partie dans la région de Portland. Mais le journaliste ne mentionne pas l'information qui compte encore plus pour moi : hier soir, d'après le texto qu'Adam m'a envoyé à minuit, Shooting Star a fait salle comble dans le club de Seattle où ils jouaient en vedette.

« Tu y vas ce soir ? »

La voix de mon père me tire de ma lecture.

« Oui, sauf si les routes sont fermées à cause de la neige.

— M'est avis que le blizzard menace, effectivement, plaisante papa en désignant du doigt un flocon solitaire qui volette.

— Je dois aussi répéter avec un pianiste, un étudiant qu'a déniché Christie », dis-je. Christie, ancien professeur de musique de l'université, me donne des cours depuis plusieurs années et elle est toujours en quête de partenaires pour m'exercer. « Il faut te maintenir au top pour en remontrer à tous ces snobinards de la Juilliard School », répète-t-elle.

La Juilliard School… Je n'ai pas encore été admise à cette prestigieuse école de musique de New York, mais mon audition s'est bien passée. Chostakovitch et la suite de Bach ont coulé de mon violoncelle comme si mes doigts étaient une extension des cordes et de l'archet. À la fin, l'un des examinateurs a applaudi discrètement, ce qui ne doit guère être fréquent. De plus, au moment où je me retirais, le cœur battant et les jambes en coton, il a ajouté qu'il y avait longtemps qu'on n'avait vu à l'école « une fille du fin fond de l'Oregon ». Christie en a déduit que j'allais être reçue. Pour ma part, je n'en étais pas certaine. Je n'étais pas non plus certaine à cent pour cent de le souhaiter, sachant qu'une admission à la Juilliard School compliquerait mon existence, au même titre que l'ascension foudroyante de Shooting Star.

Je me tourne vers ma mère qui propose une nouvelle tournée de café. « Je suis tentée de me recoucher, dis-je. Impossible de faire mes exercices, mon violoncelle est à l'école.

— Vingt-quatre heures sans exercices ! Le paradis ! » s'exclame-t-elle, ravie. Si elle a fini par apprécier la musique classique, ses oreilles se lassent parfois de mes répétitions-marathons.

Pour le moment, c'est un vacarme d'enfer qui se déclenche à l'étage. Teddy s'escrime sur la batterie. L'instrument a appartenu à mon père, à l'époque où, tout en étant employé chez un disquaire, il en jouait dans un groupe qui connaissait un joli succès local, et en voyant son visage s'éclairer, j'ai un pincement au cœur. Je me suis toujours demandé s'il n'aurait pas préféré me voir suivre la même voie que lui et devenir une rockeuse. À vrai dire, j'en avais l'intention, mais, à l'école primaire, je me suis orientée vers le violoncelle. Pour moi, cet instrument avait quelque chose d'humain. J'imaginais qu'il révélait des secrets à l'oreille de ceux qui en jouaient et j'ai voulu faire partie de ces confidents. C'était il y a bientôt dix ans et, depuis, je n'ai plus quitté mon archet.

« Adieu la grasse matinée ! » Maman a dû crier pour tenter de couvrir le tintamarre de Teddy.

« La neige fond déjà », constate mon père en tirant sur sa pipe.

Je vais à la porte et jette un coup d'œil au-dehors. Effectivement, un rayon de soleil filtre à travers les nuages et réchauffe le sol.

« Les autorités se sont affolées pour pas grand-chose », dis-je.

Ma mère approuve de la tête. « Sans doute. Mais l'école est annulée et ils ne peuvent revenir là-dessus. Et moi, j'ai prévenu l'agence que je ne venais pas.

— Dans ce cas, pourquoi ne pas en profiter pour aller quelque part ? suggère papa. On pourrait rendre visite à Henry et Willow. »

Henry et Willow sont un couple d'amis que mes parents ont connus quand ils faisaient de la musique. Avec l'arrivée d'un enfant dans leur foyer, ils ont décidé de se comporter enfin en adultes. Ils vivent dans un vieux corps de ferme. Henry a converti une grange en bureau et gagne sa vie grâce au télétravail, tandis que Willow est infirmière dans un hôpital voisin. Leur bébé, une petite fille, est la véritable raison qui pousse mes parents à aller les voir. Ils sont ravis à l'idée de pouponner. Il faut dire qu'avec Teddy qui vient d'avoir huit ans, et moi qui en ai dix-sept, il y a longtemps que ce genre d'activités n'est plus à l'ordre du jour chez nous.

« On pourra s'arrêter au retour à la librairie d'occasion », propose maman.

C'est une façon de m'inciter à les accompagner. Dans le fond de la boutique se niche un rayon de vieux disques classiques dont je semble être l'unique cliente. J'en ai toute une pile que je cache sous mon lit, car ce n'est pas le genre d'objets que l'on expose fièrement.

Je sortais depuis cinq mois avec Adam lorsque je me suis enfin décidée à les lui montrer. Je m'attendais à ce qu'il éclate de rire en les voyant. Il faut dire qu'avec ses jeans délavés, ses baskets noires, ses T-shirts punk-rock et ses tatouages subtils, c'est le type de garçon cool qu'on ne s'attend pas à trouver aux côtés d'une fille comme moi. D'ailleurs, lorsque je me suis aperçue qu'il me regardait jouer dans les studios de musique de l'école, il y a deux ans, j'ai pensé que c'était par moquerie et je l'ai évité.

Pour en revenir aux disques, il n'a pas ri du tout. En fait, il avait lui-même une collection de disques punk-rock qui prenaient la poussière sous son lit.

Mon père tend la main vers le téléphone.

« On pourrait aussi passer chez les grands-parents et dîner de bonne heure avec eux, ce qui permettrait de te ramener à temps pour ta soirée à Portland, Mia. Qu'en penses-tu ?

— Entendu », dis-je.

Le fait qu'Adam soit en tournée, que j'aie laissé mon violoncelle à l'école et que ma meilleure amie, Kim Schein, soit occupée de son côté n'intervient pas dans ma décision. Pas plus que la perspective de passer au rayon vieux disques. Je préfère tout simplement sortir avec ma famille plutôt que de rester à la maison à dormir ou à regarder la télé. Ce n'est pas non plus le genre de choses que l'on crie sur les toits, mais Adam le comprend aussi très bien.

Mon père met ses mains en porte-voix. « Teddy, hurle-t-il, prépare-toi ! Nous partons pour la grande aventure. »

Mon petit frère termine son solo de batterie sur un claquement de cymbales à nous percer les tympans. Quelques instants plus tard, il déboule dans la cuisine, déjà habillé pour sortir, comme s'il avait enfilé ses vêtements en dégringolant l'escalier de notre vieille maison pleine de courants d'air. « *School's out for summer...* » chantonne-t-il.

« Ah non, pas Alice Cooper ! proteste papa. Comme si nous n'avions pas d'autres références ! Les Ramones, par exemple. »

Nullement démonté, Teddy poursuit comme si de rien n'était. « *School's out forever...* »

Maman éclate de rire et dépose une assiette pleine de crêpes – légèrement brûlées – sur la table de la cuisine. « En attendant, prenons des forces », dit-elle.

Personne ne se fait prier pour obéir.

8 h 17

Notre voiture est une antique Buick qui n'était déjà plus toute jeune lorsque papy nous en a fait cadeau, à la naissance de Teddy. Jusqu'alors, mon père avait refusé de passer son permis, préférant se déplacer à vélo. Cela agaçait les autres musiciens de son groupe, car il ne pouvait les relayer au volant pendant leurs tournées. Quant à maman, elle avait tout essayé pour le faire changer d'avis, même l'humour. En vain.

Quand elle a attendu mon frère, elle s'est vraiment fâchée et papa a enfin compris qu'il devait changer d'attitude. Il a passé son permis et, dans la foulée, a repris ses études afin de devenir professeur. Avec deux enfants, il n'était plus question pour lui de continuer à jouer les adolescents attardés. Le temps du nœud papillon était venu.

Il en porte un ce matin, avec des richelieus rétro et un manteau moucheté. Ce n'est pas vraiment une tenue pour la neige, mais il aime ce genre de contraste.

Après avoir gratté le pare-brise avec l'un des dinosaures en plastique de Teddy qui jonchent le gazon, papa met le contact et doit s'y reprendre à plusieurs fois pour que la voiture démarre. Comme d'habitude, c'est la bagarre dès qu'il faut choisir ce qu'on va écouter pendant le trajet. Maman veut mettre les informations, papa, Frank Sinatra, Teddy, Bob l'Éponge. Quant à moi, j'aimerais Radio-Classique, mais comme je suis la seule à apprécier ce genre de musique, je veux bien la remplacer par Shooting Star.

Papa résout le problème. « On va commencer par écouter les infos, pour rester au courant, annonce-t-il. Ensuite, on mettra la station classique. Pendant ce temps, Teddy, tu peux te servir du lecteur CD. » Il débranche le lecteur qu'il a relié à l'autoradio et farfouille dans la boîte à gants. « Jonathan Richman, ça te dirait ? »

Comme moi, mon frère a grandi bercé par le son loufoque de Jonathan Richman, l'idole des parents, mais il n'a pas l'intention de céder.

« Je veux Bob l'Éponge ! hurle-t-il.

— Entendu, mais sache que tu me fends le cœur, mon fils. »

L'affaire réglée au bénéfice de Teddy, nous prenons la route. Quelques plaques de neige recouvrent encore la chaussée mouillée. Dans l'Oregon, les routes sont toujours humides. J'appuie mon front contre la vitre et je regarde défiler le paysage, avec ses sapins verts constellés de blanc et ses traînées de brouillard sous un ciel de plomb. La vitre ne tarde pas à être recouverte de buée. Je m'amuse à y tracer des signes avec mon doigt.

Après les nouvelles, nous passons sur la station de musique classique. Les premières notes de la *Sonate pour violoncelle et piano* n° 3 de Beethoven s'élèvent dans la voiture. C'est le morceau sur lequel j'étais censée travailler cet après-midi. J'y vois une sorte de coïncidence cosmique. Je me concentre sur les notes en m'imaginant en train de jouer, ravie de cette occasion de m'exercer, heureuse d'être là, dans cette voiture bien chauffée, avec ma sonate et ma famille. Je ferme les yeux.

On ne s'attendrait pas à ce que la radio continue à jouer, après. Pourtant, c'est le cas.

La voiture a été pulvérisée. L'impact d'une camionnette percutant le côté passager à près de cent kilomètres-heure a arraché les portières, projeté le siège à travers la vitre latérale côté conducteur, fait traverser la route au châssis et éventré le moteur. Les roues et les enjoliveurs ont volé jusque sous les sapins. Le réservoir commence à prendre feu et des flammèches lèchent la route mouillée.

Il y a eu une symphonie de grincements, un chœur d'éclatements, une aria d'explosions et, en guise de final, le claquement triste du métal se fichant dans le tronc des arbres. Et puis, dans le calme retrouvé de cette matinée de février, l'autoradio qui continue à jouer la *Sonate pour violoncelle et piano* n° 3 de Beethoven.

Debout dans le fossé, je jette un coup d'œil sur ma jupe en jeans, mon cardigan et mes bottes noires, et je m'aperçois qu'ils sont intacts. Je remonte ensuite sur la chaussée pour examiner la voiture et je découvre une structure métallique dépourvue de sièges et de passagers. Mon frère et mes parents ont été éjectés comme moi. Je m'avance sur la route à leur recherche.

Je vois papa en premier. De loin, je distingue la bosse que fait la pipe dans sa poche, mais, au fur et à mesure que j'approche, la chaussée devient glissante, parsemée de fragments grisâtres qui ressemblent à du chou-fleur. Je comprends tout de suite. Des fragments de la cervelle de mon père jonchent l'asphalte. Pourtant, curieusement, sa pipe est toujours dans sa poche poitrine gauche et cela me fait penser à ces catastrophes naturelles qui peuvent détruire une maison et laisser le bâtiment voisin intact.

Je trouve ensuite maman. On ne voit pas de sang, mais ses lèvres sont déjà bleues et elle a le blanc des yeux rouge. Et c'est cette vision irréelle de ma mère semblable à un vampire dans un film de série B qui déclenche chez moi un début de panique.

Où est Teddy ? Il faut que je le retrouve ! Je tourne sur moi-même, soudain affolée, comme le jour où je l'ai perdu pendant quelques minutes au supermarché. J'étais persuadée qu'on l'avait enlevé. Il avait tout simplement filé au rayon confiserie.

Je regagne le fossé. Une main en dépasse. Je m'écrie : « J'arrive, Teddy ! Je vais te sortir de là ! » C'est alors que j'aperçois un bracelet d'argent avec des breloques représentant un violoncelle et une guitare. Le cadeau d'Adam pour mes dix-sept ans. Je le portais ce matin. Je jette un coup d'œil à mon poignet. Il y est *toujours*.

Je fais encore un pas. Maintenant, je sais que ce n'est pas Teddy qui est allongé là. C'est moi. Le sang qui coule de ma poitrine trempe mes vêtements et se répand sur la neige. L'une de mes jambes forme un angle bizarre et la peau et le muscle arrachés laissent deviner la blancheur de l'os. J'ai les yeux clos. Mes cheveux bruns sont mouillés et ensanglantés.

Je me détourne. Ce n'est pas possible. Nous roulions tranquillement. J'ai dû m'endormir dans la voiture. Je hurle : « Réveille-toi ! » L'air est glacé. Mon haleine devrait faire de la buée. Ce n'est pas le cas. Je baisse les yeux vers mon poignet, celui qui est intact, et je le pince brutalement.

Je ne sens rien.

Bien sûr, il m'est arrivé de faire des cauchemars. J'ai rêvé que je tombais, que je rompais avec Adam, que je donnais un récital de violoncelle en ne connaissant rien de la partition, mais j'ai toujours été capable de commander à mon corps et d'ouvrir les yeux. J'essaie de nouveau. En vain.

Je me concentre sur la sonate de Beethoven. Je mime le jeu du musicien avec mes mains, comme je le fais souvent en entendant les morceaux que je travaille. Adam appelle ça le violoncelle aérien. Il me dit toujours que nous devrions faire un duo d'instruments aériens, la guitare pour lui, le violoncelle pour moi, ce serait moins contraignant qu'avec les vrais.

Je joue ainsi, jusqu'à ce que la dernière parcelle de vie déserte la voiture, et la musique avec elle.

Les sirènes retentissent peu de temps après.

9 h 23

Est-ce que je suis morte ?

Je suis obligée de me poser la question.

Au début, je me dis que oui, c'est évident. Que l'observation de mon propre corps était un épisode temporaire juste avant la fameuse lumière éblouissante qui allait me conduire là où je devais aller.

À ceci près que les urgences médicales sont là, avec la police et les pompiers. Quelqu'un a recouvert mon père d'un drap. Et un pompier est en train de refermer la fermeture Éclair du sac plastique dans lequel on a glissé ma mère. Je l'entends discuter avec un collègue, un jeune qui ne doit pas avoir plus de dix-huit ans. Il lui explique que maman a dû être percutée en premier et tuée sur le coup, ce qui explique l'absence de sang. « Arrêt cardiaque instantané, dit-il. Quand le sang ne circule plus, on saigne à peine. Ça suinte. »

Je refuse de penser à ma mère en train de suinter. Je me dis que c'est logique qu'elle ait été touchée la première et nous ait protégés du choc. Elle ne l'a pas choisi, mais elle a joué son rôle protecteur jusqu'au bout.

La personne qui est moi, allongée sur le bord de la route, une jambe dans la rigole, est entourée d'une équipe de sauveteurs qui s'affairent et injectent je ne sais quoi à l'intérieur des tubes plantés dans ses veines. Ils ont déchiré le haut de mon chemisier et je suis à moitié nue. J'ai un sein à l'air. Gênée, je détourne le regard.

Les policiers ont créé un périmètre de sécurité autour de l'accident avec des signaux lumineux. Ils ont barré la route et font faire demi-tour aux voitures qui se présentent, en proposant des itinéraires de déviation. Des gens descendent de leurs véhicules, les bras serrés autour d'eux pour lutter contre le froid. Ils regardent la scène, puis se détournent. Une femme vomit sur les fougères du bas-côté. Certains sont émus jusqu'aux larmes. Même s'ils ne savent rien de nous, ils prient à notre intention.

J'ai conscience de leurs prières et cela m'incite à penser que je pourrais bien être morte. Sans compter que mon corps est complètement insensible, alors qu'à voir ma jambe ouverte jusqu'à l'os, je devrais avoir horriblement mal, et que je ne pleure pas, même si je *sais* que quelque chose d'impensable vient d'arriver à ma famille.

Je suis encore en train de m'interroger quand l'urgentiste rousse qui s'occupait de moi me fournit la réponse. « Son Glasgow est à 8. On ventile ! » s'écrie-t-elle.

Avec l'un de ses collègues, elle introduit un tube dans ma gorge, le relie à un ballon et à une petite poire, et exerce des pressions. « L'hélico sera là-bas dans combien de temps ? demande-t-elle.

— Dix minutes, répond son collègue. Il nous en faut vingt pour revenir en ville.

— On peut y être en un quart d'heure si on fonce. »

Je sais ce que l'homme pense. Que cela n'arrangera rien s'ils ont un accident, et je suis bien de cet avis. Mais il se tait, mâchoire serrée. Ils me chargent dans l'ambulance. La rouquine monte à l'arrière avec moi. D'une main, elle actionne le ballon, de l'autre, elle ajuste ma perfusion et mes moniteurs. Puis elle repousse doucement une mèche qui retombe sur mon front.

« Accroche-toi », me dit-elle.

Mes premières leçons de violoncelle, je les ai prises dans le cadre des cours de musique qu'on donnait à l'école. Une chance inouïe qu'ils aient eu un instrument aussi cher et aussi fragile. Un vieux professeur de l'université leur en avait fait don à sa mort. Pourtant, la plupart du temps, son violoncelle allemand restait dans un coin, car la plupart des élèves préféraient pratiquer la guitare ou le saxophone.

Quand j'ai annoncé à mes parents que je voulais apprendre le violoncelle, ils ont éclaté de rire. Par la suite, ils m'ont expliqué pourquoi : ce qui était comique, c'était l'image d'une petite gamine comme moi tenant cet énorme instrument entre ses jambes grêles. Quand ils ont compris que je ne plaisantais pas, ils sont redevenus sérieux et ils ont décidé de m'encourager.

Mais leur réaction a laissé des traces. Je ne leur en ai pas parlé et d'ailleurs je ne suis pas sûre qu'ils auraient compris ce qui me perturbait. De temps à autre, mon père disait en riant qu'à l'hôpital où j'étais née, il avait dû y avoir un échange accidentel de bébés, parce que je ne ressemblais à personne de la famille. Ils sont tous blonds à la peau claire et je suis en quelque sorte leur négatif, brune aux yeux noirs. Mais au fur et à mesure que je grandissais, ce qui n'était à l'origine qu'une plaisanterie paternelle me paraissait de plus en plus pertinent. Parfois, en effet, j'avais vraiment l'impression d'appartenir à une autre tribu. Je n'avais ni le caractère ouvert et ironique de mon père ni le côté « battante » de ma mère, et, pour couronner le tout, j'avais décidé d'apprendre le violoncelle, pas la guitare électrique.

Heureusement, à la maison, l'essentiel, c'était de faire de la musique, n'importe quelle musique. Aussi, lorsqu'au bout de quelques mois, mes parents ont compris que mon intérêt pour le violoncelle n'avait rien d'une tocade, ils en ont loué un pour me permettre de jouer à la maison. Après les premières gammes et quelques *Ah, vous dirai-je, maman*, suivis d'études basiques, j'ai été capable de jouer des suites de Bach. Les cours dispensés par l'école ne suffisant pas, ma mère m'a fait donner des leçons particulières par un étudiant qui venait une fois par semaine. Au fil des ans, il y a eu ainsi une succession de jeunes professeurs, devenus des partenaires lorsqu'il a été évident que je les surpassais.

Le système a fonctionné jusqu'à mon entrée au lycée. Papa a alors demandé à Christie, qu'il avait connue à l'époque où il travaillait chez le disquaire, si elle voulait bien me donner des leçons particulières. Sans guère d'illusions, et surtout pour lui faire plaisir – comme elle me l'a confié plus tard –, elle a accepté de m'écouter jouer. Ce soir-là, j'ignorais qu'elle était en bas, dans le salon, pendant que je travaillais dans ma chambre une sonate de Vivaldi. Quand je suis descendue dîner, elle m'a proposé de prendre en charge ma formation.

Mon premier récital avait eu lieu plusieurs années auparavant, dans une salle des fêtes où se produisaient habituellement des groupes locaux avec leur sono, et l'acoustique était épouvantable. J'avais dix ans et j'apprenais le violoncelle depuis deux ans. Je devais exécuter la « Danse de la fée Dragée », un solo de violoncelle du *Casse-Noisette* de Tchaïkovski.

Ce jour-là, dans les coulisses, où j'écoutais les autres enfants faire grincer leur violon et taper sur le piano, j'ai failli tout laisser tomber. Je me suis précipitée vers l'entrée des artistes, et suis restée pelotonnée sous le porche, le souffle court, la tête dans les mains. Ne me voyant plus, l'étudiant qui me donnait à l'époque des leçons de musique est allé chercher mes parents.

C'est mon père qui m'a retrouvée. Il était en train de sortir de sa période hippie et il portait un costume rétro avec une ceinture de cuir cloutée et des boots noires.

« Que se passe-t-il, ma Mia à moi ? m'a-t-il demandé en s'asseyant sur les marches à mes côtés.

— Je n'y arriverai pas.

— Ce serait vraiment dommage. J'ai un super-cadeau pour toi, après le récital. Mieux que des fleurs.

— Donne-le à quelqu'un d'autre. Je ne peux pas. Je ne suis pas comme toi ou maman, ni même comme Teddy. »

Teddy avait tout juste six mois à l'époque, mais on devinait déjà une personnalité plus forte que la mienne.

« Ça, c'est vrai que lorsque Teddy nous a donné son premier récital d'instrument à vent, il était très décontracté ! »

J'ai souri à travers mes larmes, tandis que papa m'entourait les épaules de son bras.

« Tu sais, Mia, moi aussi j'avais le trac. »

Je l'ai regardé, incrédule. Mon père avait toujours eu l'air si sûr de lui !

« Tu dis ça pour me faire plaisir.

— Mais non. C'était épouvantable.

26

— Alors, comment tu faisais ?

— Il descendait quelques demis de bière avant le concert, Mia. »

Maman venait de nous rejoindre. Vêtue d'une mini-jupe en vinyle noir et d'un petit haut rouge, elle portait Teddy qui bavait d'un air béat dans son porte-bébé.

« Je ne te conseille pas de l'imiter, a-t-elle poursuivi.

— C'est plus sage à ton âge, en effet, a déclaré mon père en riant. En plus, moi, quand je vomissais sur la scène, c'était punk. Imagine la réaction du public si tu faisais pareil en concert classique ! »

Il avait réussi à me faire rire. J'étais toujours morte de peur, mais, en un sens, c'était réconfortant de penser que j'avais hérité du trac paternel.

« Sérieusement, papa, comment lutter contre le trac ?

— Il n'y a pas de solution. Il faut y aller, Mia. »

J'y suis donc allée et tout s'est bien passé. Je n'ai pas reçu une ovation debout, mais cela n'a pas été non plus la catastrophe. Et, après le récital, j'ai eu mon cadeau. Le violoncelle était posé sur le siège passager de la voiture, l'air aussi humain que l'instrument qui m'avait attirée deux ans plus tôt. Et celui-ci n'était pas en location. Il m'appartenait.

10 h 12

Quand mon ambulance arrive à l'hôpital le plus proche – pas celui de ma ville, mais une petite struc-ture locale –, tout va très vite. « Je crois qu'on a un pneumothorax ! crie la gentille urgentiste rousse en me confiant à une équipe d'infirmières et de médecins. On draine et on l'évacue.

27

— Où sont les autres ? demande un homme barbu en tenue chirurgicale.

— L'autre conducteur n'a eu que des contusions. Soigné sur place. Parents morts à l'arrivée. Le petit garçon, sept ans à peu près, est juste derrière nous. »

Un long soupir m'échappe, un peu comme si j'avais retenu mon souffle depuis vingt minutes. Tout à l'heure, je n'ai pu aller à la recherche de Teddy. S'il était comme mes parents, comme moi, je… je préférais ne pas y penser. Mais ce n'est pas le cas. Il est vivant.

On m'emporte dans une salle brillamment éclairée. Un docteur me nettoie le flanc avec un liquide orangé, puis y enfonce un tube en plastique. Un autre projette le rayon lumineux d'une petite lampe dans mon œil. « Pas de réaction, dit-il à l'infirmière. L'hélico est là. On la transporte en traumato, vite. »

Ils me sortent de la salle d'urgence à toute vitesse, s'engouffrent avec mon brancard dans l'ascenseur. Je dois presque courir pour les suivre. Avant que les portes ne se referment, j'aperçois Willow. C'est bizarre qu'elle soit ici, dans un couloir de l'hôpital. On allait les voir chez eux, elle, Henry et le bébé. Est-ce qu'on a fait appel à elle à cause de la neige ? Est-ce à cause de nous ? Elle avance d'un pas rapide, l'air concentré. Je ne crois pas qu'elle soit déjà au courant de ce qui nous est arrivé. Peut-être même a-t-elle laissé un message sur le téléphone portable de maman pour dire que l'hôpital lui avait demandé d'être présente parce qu'il y avait une urgence et qu'elle ne serait pas chez elle pour nous accueillir.

L'ascenseur arrive directement sur le toit. Un hélicoptère stationne au milieu d'un cercle rouge, ses pales tournant à toute allure.

Je ne suis encore jamais montée dans un hélicoptère. Kim, ma meilleure amie, si. Elle a accompagné son oncle, un photographe connu qui travaille pour le magazine *National Geographic*, lors d'un reportage sur le mont Saint-Helens, le célèbre volcan de l'État de Washington.

« Il me parlait de la flore qui poussait là et tu sais quoi, j'ai vomi sur lui et sur ses appareils », m'a-t-elle confié le lendemain en classe.

Elle avait encore le teint verdâtre après cette expérience.

Kim voudrait devenir photographe, elle aussi, et c'est pour lui montrer comment il travaillait que son oncle l'avait emmenée avec lui.

« Il a voulu me faire plaisir et voilà le résultat ! s'est-elle lamentée. Je crois que je ne serai jamais photographe, Mia.

— On peut faire ce métier de différentes façons, sans être obligé de monter en hélicoptère. »

Elle a éclaté de rire.

« Une chance, car ce n'est pas mon truc. Ni le tien, je suppose. »

On n'a pas toujours le choix, Kim.

Mon brancard est hissé à l'intérieur de l'appareil avec tous ses tubes et ses tuyaux. J'y entre à sa suite. Un urgentiste s'installe à côté de moi, en pressant toujours la petite poire en plastique qui me permet apparemment de respirer. Une fois que nous sommes en l'air, je comprends pourquoi Kim a eu aussi mal au cœur. Le vol d'un hélicoptère n'a rien à voir avec celui, régulier, d'un avion. Ça monte, ça descend, ça va à droite, à gauche. Je me demande comment ces gens peuvent continuer à s'occuper de moi dans de telles conditions.

L'hélicoptère traverse des turbulences et je me dis que cette fois je vais vomir. Mais ni le moi qui observe tout cela ni la Mia allongée sur le brancard ne ressentent quoi que ce soit. Je me demande de nouveau si je suis morte. Pourtant, ce ne peut être le cas. Sinon, pourquoi me transporterait-on dans cet hélicoptère qui survole la forêt ?

D'ailleurs, si j'étais morte, mes parents seraient déjà venus à ma rencontre.

L'écran de contrôle indique 10 h 37. Je me demande ce qui se passe au sol. Willow sait-elle maintenant qui est arrivé ainsi aux urgences ? A-t-on prévenu mes grands-parents dans la petite ville voisine ? Je me réjouissais de dîner avec eux. Papy est un pêcheur qui fume lui-même son saumon et mamie fait un pain délicieux.

Je repense à Kim. Aujourd'hui, le lycée est fermé, mais demain, je n'y serai pas non plus. Elle se dira sans doute que j'ai eu une panne d'oreiller parce que je me suis couchée tard après avoir assisté au concert de Shooting Star à Portland.

Portland. C'est là qu'on me transporte. Par le hublot, j'aperçois le sommet du mont Hood. Est-ce qu'Adam est déjà sur place ? Il a joué hier soir à Seattle, mais il aime prendre le volant après ses concerts, car la conduite le détend. Les autres membres du groupe sont trop heureux de se reposer pendant ce temps. S'il est déjà à Portland, il doit encore dormir. Après avoir pris son café, il ira peut-être s'installer au Jardin japonais avec un livre. C'est ce que nous avons fait la dernière fois où je l'ai accompagné là-bas, sauf que le temps était plus doux. Je sais que dans l'après-midi les musiciens vont faire des essais de sono. Ensuite, Adam ira m'attendre. Au début, il pensera que je suis en retard. Comment imaginerait-il qu'en réalité, je suis en avance ?

« Tu as entendu parler de ce mec, Yo-Yo Ma ? » Quand Adam m'a posé la question, c'était au printemps. J'étais en seconde, lui en première. Cela faisait plusieurs mois qu'il venait me voir m'exercer au violoncelle dans les studios insonorisés de notre lycée, un établissement réputé pour mettre l'accent sur l'enseignement artistique. Pour sa part, Adam y pratiquait la guitare acoustique, alors que, dans son groupe, il jouait de la guitare électrique.

J'ai haussé les sourcils. « Bien sûr ! Qui ne connaît pas Yo-Yo Ma ? »

Adam a souri et, pour la première fois, j'ai remarqué que son sourire était un peu asymétrique. Il a pointé son pouce orné d'une bague vers la cour.

« Je te parie qu'ils ne sont pas plus de deux ou trois à avoir entendu parler de lui. À propos, d'où vient ce nom, Yo-Yo Ma ?

— C'est chinois. »

Il a éclaté de rire.

« Bizarre. Les Chinois que je connais ont plutôt des noms comme Wang, Pei ou Cheng. Yo-Yo Ma, ça fait rappeur, genre Yo Marna, tu vois…

— Respecte le Maître, veux-tu ? » ai-je dit. Mais je n'ai pu m'empêcher de rire à mon tour. Il m'avait fallu des mois pour admettre qu'Adam ne cherchait pas à me ridiculiser en faisant semblant de s'intéresser à moi. C'est ensuite, seulement, qu'on avait eu ces petites conversations dans le couloir.

N'empêche que je n'en revenais pas d'avoir attiré son attention. Bien sûr, ce n'était pas le genre de garçon dont toutes les filles tombent amoureuses, ni même l'un des éléments les plus brillants du lycée. Mais il était cool. Il faisait partie d'un orchestre avec des étudiants de la fac. Il s'habillait dans un style rock original, en fréquentant les friperies. Et s'il s'installait devant un bouquin au réfectoire, ce n'était pas parce qu'il n'avait personne pour lui tenir compagnie – au contraire, il avait un petit groupe d'amis et de nombreux admirateurs –, mais parce qu'il aimait ça.

De mon côté, je n'étais pas non plus la fille ringarde qu'on laisse dans son coin. Au déjeuner, j'avais des amis pour partager ma table et j'en avais d'autres au camp de musique où j'allais en été. En fait, on m'aimait bien, mais on me connaissait mal. En classe, j'étais discrète. Je ne levais pas souvent le doigt et je n'embêtais pas les profs. Mes journées étaient très occupées, la plupart du temps par la musique. Je faisais mes exercices, je jouais dans un quatuor à cordes, je suivais des cours de théorie musicale. Les autres jeunes étaient gentils avec moi, mais ils avaient tendance à me traiter comme une adulte. Un autre professeur. Et l'on ne flirte pas avec ses profs.

Adam m'a considérée avec une étincelle dans le regard. « Et si je te disais que j'avais des billets pour le concert du Maître en question à Portland ?

— Tu me fais marcher !

— Pas du tout. J'ai deux places. Ça t'intéresse ?

— Évidemment ! »

Je mourais d'envie d'aller écouter le grand violoncelliste, mais l'entrée devait valoir dans les quatre-vingts dollars.

« Tu les as eues comment ?

— Un ami a donné les billets à mes parents, mais ils ont un empêchement. C'est vendredi soir. Si tu veux, je passe te prendre en voiture à dix-sept heures trente et on y va ensemble.

— D'accord », ai-je dit, comme si c'était la chose la plus naturelle du monde.

Pourtant, le vendredi après-midi, j'étais plus nerveuse que le jour où j'avais bu plusieurs cafés en préparant mes examens.

Ce n'était pas Adam qui produisait cet effet sur moi. J'étais à l'aise avec lui, maintenant. Non, c'était l'incertitude. Devais-je considérer cette invitation comme un rendez-vous amoureux ? comme une sortie entre copains ? comme un geste charitable ? Je ne savais pas sur quel pied danser et cela me déstabilisait. En musique aussi, j'aimais être en terrain connu. C'est pourquoi je m'exerçais autant au violoncelle : une fois que je maîtrisais un mouvement, je pouvais m'occuper des détails.

J'ai bien dû me changer cinq ou six fois. Teddy, qui allait encore à la maternelle à l'époque, s'était installé dans ma chambre et rigolait en douce tout en faisant semblant de lire une de mes BD.

Maman a passé la tête par la porte pour voir où j'en étais et je lui ai expliqué mon problème.

« Du coup, je ne sais pas si je dois porter une tenue pour sortir avec un garçon ou pour aller au concert classique, ai-je dit en guise de conclusion.

— Mets des vêtements dans lesquels tu te sens bien, Mia. Comme ça, pas de risque d'erreur. »

Je suis sûre qu'à ma place, ma mère aurait sorti le grand jeu. Sur les photos où on la voit en compagnie de mon père, au début où ils se connaissaient, elle incarne un mélange de glamour et de style motard, avec ses cheveux courts, ses grands yeux bleus cernés de khôl et son corps mince toujours mis en valeur par une tenue sexy, comme un caraco en dentelle ancienne porté avec un pantalon moulant en cuir.

J'aurais aimé avoir cette audace. Avec un soupir, j'ai fini par choisir une longue jupe noire et un petit pull à manches courtes marron. Sobre et simple. Le style Mia.

Quand Adam est arrivé avec un costume des années 1960 et des *creepers* – un ensemble qui a fortement impressionné mon père –, j'ai compris qu'il avait vraiment un rendez-vous en tête. Bien sûr, il pouvait s'être mis sur son trente et un pour assister au concert, mais je savais qu'il y avait autre chose. Il avait l'air nerveux, lui aussi, quand il a serré la main de papa en lui disant qu'il avait des vieux CD de lui et son groupe. « Pour servir de sous-verres, je suppose », a rétorqué mon père. Adam a eu l'air surpris. Il ne s'attendait pas à ce qu'un parent ait plus d'humour que sa fille.

« Soyez prudents, a lancé maman pendant qu'on traversait la pelouse. C'était tellement chaud lors du dernier concert de Yo-Yo Ma qu'il y a eu des blessés ! »

Adam m'a ouvert la portière. « Tes parents sont marrants », a-t-il dit.

Je ne l'ai pas démenti.

On a roulé jusqu'à Portland en bavardant gentiment. Adam passait des groupes qu'il aimait, un trio de pop suédoise plutôt monotone et un groupe islandais franchement génial. On est arrivés juste à temps pour le début du concert, car on a eu un peu de mal à trouver la salle, le Schnitzer Concert Hall.

Les sièges étaient au balcon, mais on ne va pas à un concert de Yo-Yo Ma pour la vue, et l'acoustique était parfaite. Entre les mains d'un tel musicien, le violoncelle peut se mettre à pleurer comme une femme et enchaîner aussitôt sur des notes cristallines, semblables à un rire d'enfant. En l'écoutant, je me suis dit à nouveau que cet instrument avait quelque chose d'humain et d'incroyablement expressif.

Quand le concert a commencé, j'ai regardé Adam du coin de l'œil. Il ne cessait de consulter le programme, comme s'il comptait les mouvements jusqu'à l'entracte. Je craignais qu'il ne s'ennuie, malgré son air ravi, mais, très vite, je me suis laissé transporter par la musique et je n'ai plus pensé à rien d'autre.

Au moment où Yo-Yo Ma a entamé « Le grand tango », Adam m'a pris la main. Dans un autre contexte, ç'aurait pu être une façon de commencer à flirter, mais il avait les yeux clos et oscillait doucement sur son siège. Il était emporté par la musique, lui aussi. J'ai serré sa main et nous sommes restés ainsi jusqu'à la fin du concert.

Ensuite, on a acheté des sandwichs et du café puis on s'est promenés le long du fleuve. Il y avait de la brume et Adam a ôté sa veste pour la mettre sur mes épaules.

« Les billets, tu ne les as pas eus par un ami de la famille, n'est-ce pas ? » ai-je demandé.

Je me suis dit qu'il allait rire ou lever les bras en faisant semblant de se rendre, attitude qu'il adoptait lorsque j'avais le dernier mot avec lui. Mais il a hoché négativement la tête en plongeant son regard gris-vert-brun dans le mien.

« Je les ai payés en livrant des pizzas pendant quinze jours », a-t-il reconnu.

Je me suis arrêtée net. En dessous de nous, l'eau clapotait.

« Pourquoi, Adam, pourquoi moi ?

— Je ne connais personne qui soit aussi passionné de musique que toi. C'est pourquoi j'aime te voir t'exercer. Tu as une façon ravissante de plisser le front. Là. »

Il a posé le doigt entre mes sourcils.

« Moi, la musique m'obsède et pourtant, elle ne réussit pas à me transporter de la même manière.

— Alors, je suis pour toi une expérimentation sociale, en quelque sorte ? »

Je voulais faire de l'humour, mais c'était raté.

« Certainement pas. » Sa voix était rauque, un peu étouffée.

J'ai senti que je rougissais jusqu'aux oreilles et j'ai contemplé mes chaussures. Si je levais les yeux, il allait m'embrasser, j'en étais certaine. Et soudain, je me suis rendu compte que j'avais une envie folle qu'il m'embrasse. J'avais imaginé si souvent ce baiser que je connaissais par cœur la forme de ses lèvres. Combien de fois avais-je rêvé de caresser la fossette qu'il avait sur le menton ?

J'ai levé les yeux.

C'est ainsi que tout a commencé.

12 h 19

Apparemment, mes blessures sont nombreuses.

Je fais un pneumothorax, c'est-à-dire que j'ai de l'air entre la paroi thoracique et le poumon. J'ai une rupture de la rate. Une hémorragie interne d'origine indéterminée. Plus grave encore, des contusions cérébrales. J'ai aussi des côtes cassées. Ainsi que des abrasions. Celles des jambes nécessiteront des greffes de peau ; pour celles du visage, il faudra faire appel à la chirurgie esthétique – mais, comme disent les médecins, ce sera seulement si j'ai de la chance.

Pour l'instant, les chirurgiens doivent me retirer la rate, placer un nouveau drain dans mon pneumothorax et étancher tout ce qui peut être à l'origine d'une hémorragie interne. Pour mon cerveau, il n'y a pas grand-chose à faire.

« On verra, dit l'un d'eux en examinant mon IRM cérébrale. En attendant, appelez la banque du sang. Il me faut deux unités d'O négatif, plus deux d'avance. »

Ainsi, j'appartiens au groupe sanguin O négatif. Je l'ignorais. Il faut dire que je n'ai pas eu à m'en préoccuper jusqu'à maintenant. La seule fois où j'avais mis les pieds à l'hôpital, c'était quand je m'étais entaillé la cheville avec un bout de verre. Je n'avais même pas eu besoin d'agrafes, juste d'une piqûre antitétanique.

Dans la salle d'opération, l'équipe médicale discute de la musique qu'ils vont mettre, comme nous ce matin dans la voiture. Un chirurgien veut du jazz. Un autre du rock. L'anesthésiste réclame du classique. Pourvu qu'elle l'obtienne ! Effectivement, ce genre de musique doit être bénéfique dans ces circonstances, car quelqu'un met du Wagner. *La Chevauchée des Walkyries*. Pour ma part, j'aurais préféré quelque chose de plus léger. *Les Quatre Saisons*, par exemple.

Il y a un monde fou dans ce petit espace. Les lumières crues permettent de voir que l'endroit est modeste, pas du tout comme dans les séries télé, avec leurs blocs opératoires pareils à des théâtres flambant neufs, où l'on pourrait jouer un opéra. Le sol brille,

mais on aperçoit des éraflures et des traînées rous-
sâtres que je suppose être d'anciennes traces de sang.

Quant à mon propre sang, il y en a partout. Ce qui
n'impressionne pas le moins du monde les médecins.
Ils taillent, tranchent, aspirent et suturent dans ce
liquide rouge comme si de rien n'était. Pendant ce
temps, ils m'injectent sans cesse du sang frais dans les
veines.

Le chirurgien qui voulait écouter du rock transpire
tellement que l'une des infirmières doit régulièrement
l'éponger avec de la gaze qu'elle tient entre des
pinces. Sa sueur transperce même son masque, qu'il
faut lui changer.

L'anesthésiste surveille en permanence mes organes
vitaux, ajustant les quantités de liquides, de gaz et de
médicaments qu'on m'administre. D'un geste distrait,
elle me caresse les tempes avec ses mains gantées de
latex, comme le faisait maman quand j'avais la grippe
ou l'une de mes affreuses migraines.

C'est la seconde fois qu'ils écoutent le CD de
Wagner et l'équipe décide de changer. La majorité
opte pour du jazz. Les gens pensent toujours que si
j'aime la musique classique, je dois être amateur de
jazz. Ce n'est pas le cas. Mon père, lui, l'aime, surtout
John Coltrane avec ses sonorités sauvages et noc-
turnes. Le jazz, dit-il, est en quelque sorte le punk-rock
des gens d'un certain âge. C'est sans doute l'explication, parce que je n'aime pas non plus le punk.

L'intervention n'en finit pas. Je n'en peux plus. Je
me demande comment les chirurgiens tiennent le coup.
Leur tâche semble aussi éprouvante que de courir un
marathon.

Je commence à m'interroger sur l'état dans lequel je
me trouve. Si je ne suis pas morte (et je ne dois pas

l'être puisque le moniteur cardiaque continue ses bips-bips) et si je ne suis pas non plus à l'intérieur de mon corps, puis-je aller ailleurs ? Me transporter sur une plage ou au Carnegie Hall de New York ? Me rendre auprès de Teddy ?

Juste pour voir, je fronce le nez comme dans *Ma sorcière bien-aimée*. Rien ne se passe. Je claque des doigts, puis des talons. Toujours rien. Je n'ai pas bougé.

Je décide de tenter une manœuvre plus simple. Je me dirige vers le mur, pensant que je vais le traverser et ressortir de l'autre côté. Résultat, je heurte la paroi.

Une infirmière entre en trombe dans la salle avec une poche de sang et j'en profite pour me glisser au-dehors avant qu'elle ne referme la porte. Je me trouve dans le couloir de l'hôpital. Des médecins et des infirmières en blouses bleues et vertes s'affairent de tous côtés. Une femme avec une espèce de bonnet de douche sur la tête et une perfusion dans le bras gémit sur un brancard. Un peu plus loin, je découvre plusieurs salles d'opération, occupées par des personnes endormies. Si elles sont toutes dans mon cas, pourquoi ne puis-je voir leur être dédoublé ? Les autres sont-ils en train de se balader comme je semble le faire ? J'aimerais rencontrer quelqu'un dans mon cas. J'ai des questions à poser. Quel est cet état dans lequel je me trouve ? Comment vais-je en sortir ? Pourrai-je réintégrer mon corps ? Dois-je attendre que les médecins me réveillent ?

Je suis une infirmière qui franchit des doubles portes automatiques et me retrouve dans une petite salle d'attente. Mes grands-parents sont là.

Mamie bavarde. Difficile de dire si elle parle toute seule ou si elle s'adresse à papy. C'est sa façon de lutter pour ne pas se laisser submerger par l'émotion : je l'ai déjà vue le faire quand son mari a eu une crise cardiaque. Elle porte encore ses bottes en caoutchouc et son tablier de jardinage maculé de boue. Elle devait être en train de travailler dans sa serre quand on lui a appris l'accident. Ses cheveux gris coupés court sont permanentés depuis les années 1970, d'après papa. « Comme ça, je suis tranquille », dit-elle. C'est tout à fait elle : elle va droit à l'essentiel. Pourtant, ce côté pratique ne l'empêche pas de s'intéresser aux anges, qu'elle collectionne sous forme de poupées et de statuettes rangées dans un meuble-vitrine. Elle y croit dur comme fer. Elle est persuadée que les anges sont partout.

Une fois, un couple de plongeons est allé nicher dans l'étang du bois qui se trouve derrière sa maison. Mamie a été persuadée qu'il s'agissait de ses parents, morts depuis longtemps et revenus pour veiller sur elle.

Une autre fois, nous étions assises sous son porche lorsque j'ai aperçu un bel oiseau. « Est-ce un bec-croisé rouge ? » lui ai-je demandé.

Elle a hoché négativement la tête.

« Non, Glo est un bec-croisé et elle ne s'aventurerait pas par ici », m'a-t-elle répondu.

Elle faisait allusion à sa sœur, ma grand-tante Gloria, récemment disparue, avec laquelle elle ne s'était jamais bien entendue.

Elle contemple le fond de son gobelet de café qui a l'air d'être une affreuse lavasse. Mais j'en boirais bien une tasse.

La ressemblance entre mon grand-père et Teddy est frappante, même si les cheveux blonds ondulés de papy sont devenus gris et qu'il est plus trapu que mon petit frère, mince comme un fil, et que mon père, au corps sec et musclé par les appareils de sa salle de gym. Mais ils ont les mêmes yeux gris-bleu, couleur de l'océan par mauvais temps.

C'est sans doute pour cette raison que j'ai maintenant du mal à regarder papy.

La Juilliard School, c'était l'idée de mamie. Ma grand-mère, originaire du Massachusetts, est arrivée dans l'Oregon en 1955. Seule. Aujourd'hui, ce serait banal, mais il y a plus de cinquante ans, ce genre de démarche était scandaleux de la part d'une jeune femme célibataire de vingt-deux ans. Attirée par les grands espaces sauvages, elle était faite pour la nature de l'Oregon, avec ses forêts immenses et ses plages rocailleuses. Elle a trouvé un poste de secrétaire au Service des forêts. Papy y travaillait en tant que biologiste.

De temps en temps, l'été, nous retournons dans l'ouest du Massachusetts, où des membres de la famille de mamie passent une semaine dans une maison de campagne. J'y retrouve des grands-oncles et des grands-tantes, ainsi que des cousins éloignés dont j'ai du mal à retenir le nom.

L'an dernier, j'y ai apporté mon violoncelle, car j'avais bientôt un concert de musique de chambre et je voulais continuer à répéter. Un soir, j'ai donné un récital dans le salon. Le public était constitué par la famille et les trophées de chasse accrochés aux murs. À la suite de cette prestation, quelqu'un a parlé de la Juilliard School et ma grand-mère s'est mis dans la tête que je devais être admise à cette prestigieuse école de musique.

Au début, cela paraissait improbable. L'université proche de chez nous dispensait une formation musicale de qualité et, si je voulais aller plus loin, il y avait un conservatoire à Seattle, à quelques heures de voiture. Et non seulement la Juilliard School était à l'autre bout des États-Unis, mais elle était chère. Sans écarter cette perspective, mes parents n'avaient pas vraiment envie de me voir partir pour New York et de s'endetter pour que je finisse peut-être violoncelliste dans un orchestre de second ordre. Car ils ne savaient pas si j'étais assez douée. Ni eux ni personne d'autre. Christie me disait que je faisais partie des élèves les plus prometteurs qu'elle ait eus, sans pour autant évoquer la Juilliard School. Cette école était destinée aux virtuoses et l'idée même de m'y présenter semblait bien présomptueuse.

Mais lorsqu'une personne extérieure à la famille et donc impartiale a déclaré que j'étais du niveau de l'école, mamie a pris l'initiative d'en parler à Christie, et mon professeur s'est accrochée à son tour à cette idée.

J'ai donc rempli un dossier, réuni des lettres de recommandation et envoyé un enregistrement de mon travail sans en parler à Adam. Je me disais que cela ne servait à rien, car j'avais bien peu de chances de passer une audition. Mais je savais, au fond, que c'était un mensonge par omission. Le fait même de poser ma candidature équivalait d'une certaine manière à une trahison. Elle signifiait l'éloignement.

Adam était entré à l'université de notre ville pendant que j'étais en terminale. Mais il n'étudiait pas à plein temps, parce que Shooting Star connaissait un succès croissant. Le groupe avait signé avec un label de Seattle et il partait souvent en tournée. C'est lorsque j'ai reçu l'enveloppe crème de la Juilliard School contenant une invitation à passer une audition que je lui ai dit que j'avais tenté ma chance, en ajoutant que c'était déjà rare d'aller jusque-là. Il a eu l'air mi-étonné, mi-incrédule, puis, avec un sourire triste, il m'a lancé : « Yo Marna n'a qu'à bien se tenir ! »

Les auditions se déroulaient dans l'État voisin de Californie, à San Francisco. Cette semaine-là, papa avait une réunion importante à son école et maman venait juste d'être engagée à l'agence de voyages. Mamie a donc proposé de m'accompagner. « On va s'offrir un week-end de filles, Mia, a-t-elle dit. Tourisme à Alcatraz. Thé à l'hôtel Fairmont. Shopping à Union Square. »

Malheureusement, une semaine avant le départ, elle s'est foulé la cheville en trébuchant sur une racine. Résultat : port d'une attelle et interdiction de marcher.

C'est donc mon grand-père qui m'a conduite à San Francisco dans sa camionnette. Nous n'avons guère parlé pendant le trajet, mais je me suis sentie plus proche de lui que si nous avions bavardé sans cesse. Ce silence m'apaisait et c'était une bonne chose, parce que j'étais très nerveuse. Je serrais entre mes doigts le bâton d'esquimau que Teddy m'avait donné en guise de porte-bonheur avant mon départ. « C'est une baguette magique », avait-il dit.

L'audition a été épuisante. Je devais jouer cinq morceaux : un concerto de Chostakovitch, deux suites de Bach, tout le *Pezzo capriccioso* de Tchaïkovski, ce qui était un tour de force, et un mouvement de la musique du film *Mission* d'Ennio Morricone, un choix original quoique risqué, car Yo-Yo Ma l'avait enregistré et tout le monde pouvait faire la comparaison. J'en suis sortie les jambes flageolantes, avec des auréoles de transpiration sous les bras, mais contente et soulagée.

« On visite la ville ? m'a demandé papy avec un grand sourire.

— Et comment ! »

On a fait tout ce que mamie avait prévu, sauf pour le dîner. Elle avait réservé dans un restaurant touristique du quartier de Fisherman's Wharf, mais on a préféré aller manger dans le quartier chinois.

Au retour, mon grand-père m'a déposée à la maison en me serrant très fort dans ses bras. Les embrassades ne sont pourtant pas son genre. J'ai compris que c'était sa façon de me dire qu'il avait passé un très bon moment.

« Moi aussi, papy », ai-je murmuré.

15 h 47

On vient de me transférer de la salle de réveil à l'unité de soins intensifs du service de traumatologie, une pièce en « U » avec une dizaine de lits. Des infirmières s'y affairent en permanence. Elles prennent connaissance des informations débitées par les appareils qui enregistrent nos signes vitaux. Au milieu de la salle, il y a d'autres ordinateurs et un grand bureau où se tient une autre infirmière.

Un infirmier et une infirmière s'occupent de moi, en plus des médecins qui font des visites constantes. Le premier est un moustachu blond et rondouillard que je n'aime pas beaucoup. La femme a une peau très noire aux reflets bleutés. Elle parle avec un accent chantant et m'appelle « mon petit » tout en arrangeant sans cesse mes couvertures, que je ne repousse pourtant pas.

Je suis hérissée d'un nombre incalculable de tubes et de tuyaux. Il y en a un dans ma gorge qui respire à ma place, un qui passe par mon nez et maintient mon estomac vide, un autre qui m'hydrate, planté dans une veine. J'en ai aussi plusieurs sur le torse, sans compter celui qui enregistre mon rythme cardiaque à partir de mon doigt et la sonde qui vide ma vessie. Le respirateur, lui, a un rythme apaisant, comme un métronome.

Je n'ai encore reçu aucune visite, à part celle des médecins, du personnel soignant et de l'assistante sociale. C'est cette dernière qui parle à mes grands-parents à voix basse, sur un ton compatissant. Elle leur explique que je suis dans un état grave.

« Pouvons-nous faire quelque chose ? demande mamie. On se sent inutiles, à rester là à attendre.

— Je vais me renseigner pour savoir si vous pourrez la voir dans un moment. »

L'assistante sociale a un air affable, des cheveux gris frisottés et une tache de café sur sa blouse.

« Votre petite-fille est encore sous l'effet de l'anesthésie et on l'a placée sous respiration artificielle le temps que son corps récupère du choc. Mais même dans un état comateux, il est bon pour les patients d'entendre la voix de leurs proches. »

Mon grand-père émet un murmure approbateur.

« Y a-t-il des personnes que vous souhaiteriez appeler ? poursuit l'assistante sociale. Des intimes qui aimeraient être ici avec vous ? Plus vous serez forts dans cette épreuve, plus cela aidera Mia. »

Je sursaute en l'entendant prononcer mon prénom. C'est de moi qu'il est question, il ne faut pas que je l'oublie. Ma grand-mère répond en donnant la liste des oncles et des tantes qui sont en route vers l'hôpital. Mais il n'est pas fait mention d'Adam.

Or c'est surtout Adam que je voudrais voir. J'aimerais savoir où il se trouve pour m'y rendre. Je me demande comment il pourra apprendre ce qui est arrivé. Mes grands-parents n'ont pas son numéro de téléphone et, comme eux n'ont pas de portables, il n'a aucun moyen de les joindre. D'ailleurs, comment saurait-il qu'il doit les appeler ? Les personnes qui pourraient le prévenir ne sont plus là pour le faire.

Je me tiens au-dessus de la forme inerte, pleine de tuyaux, qui est moi, Mia. J'ai la peau grisâtre. Mes yeux sont fermés par du sparadrap. J'aimerais qu'on l'ôte. Je suis sûre que cela me démange. La gentille infirmière se penche vers moi. On n'est pas dans un service pédiatrique et pourtant il y a des sucettes brodées sur sa blouse. « Comment ça va, mon petit ? » me demande-t-elle, comme si l'on se rencontrait au supermarché du coin.

Entre Adam et moi, cela n'a pas été sans mal, au début. Sans doute étais-je persuadée que l'amour triomphe de tous les obstacles. Et quand il m'a raccompagnée, après le concert de Yo-Yo Ma, je crois que nous étions tous les deux conscients de tomber amoureux. C'est-à-dire qu'à mes yeux, les difficultés étaient derrière nous. Les films et les romans se terminent généralement quand le couple échange son premier baiser. On suppose qu'après, ils sont heureux.

Les choses ne se sont pas passées exactement de cette manière pour nous. Nous venions de milieux très différents, ce qui posait certains problèmes. Nous continuions à nous voir dans les studios de musique du lycée, mais nos relations demeuraient platoniques, comme si nous craignions de gâcher les choses. Et quand on se rencontrait ailleurs, par exemple à la cafétéria ou dans la cour, on était mal à l'aise. Nos conversations étaient guindées. On se faisait des politesses et c'était pénible.

« Je t'en prie, disais-je.

— Non, c'est à toi », répondait Adam.

J'aurais voulu retrouver la magie de la soirée à Portland, sans savoir comment m'y prendre.

Quand Adam m'a invitée à aller le voir en concert, ça a été encore pire. Déjà, je me sentais comme le vilain petit canard dans ma propre famille, mais quand je me retrouvais dans le cercle d'Adam, j'avais l'impression d'arriver sur Mars. Il était toujours entouré de gens agités, de jolies filles avec des piercings et des cheveux teints, de types largués qui se réveillaient quand il leur parlait de rock. Moi, le genre groupie, ce n'était pas mon truc. Et je ne connaissais rien au langage rock. J'aurais dû, en tant que musicienne et fille de mon père. Mais ce n'était pas le cas.

Chaque fois que je me retrouvais dans une salle parmi ses fans, j'étais pleine d'appréhension. Ce n'était pas une question de jalousie. Ni de goûts musicaux. Au contraire, j'adorais le voir sur scène. Quand il jouait, on aurait cru que sa guitare était un cinquième membre, une extension naturelle de son corps.

À la fin, il était trempé de sueur, une sueur claire qui me donnait envie de lécher sa joue.

Quand le public se précipitait vers lui, je m'éclipsais. Il avait beau essayer de me retenir en m'entourant de ses bras, je me dégageais et retournais dans l'ombre.

« Je ne te plais plus ? » m'a-t-il demandé une fois. Il plaisantait, mais je sentais bien qu'au fond, il était blessé.

« Je crois que je ferais mieux de cesser d'assister à tes concerts. J'ai l'impression que je t'empêche de profiter de tes groupies. »

Il a répondu que non, sans pour autant me convaincre.

En fait, on aurait certainement rompu au début de notre histoire si chez moi, auprès de ma famille, on n'avait pas trouvé un terrain commun. Au bout d'un mois, je l'ai invité à dîner à la maison. Il s'est installé avec mon père dans la cuisine et ils ont parlé rock. Je n'ai guère participé à la conversation, car je ne comprenais pas la moitié de ce qu'ils disaient, mais je ne me suis pas sentie exclue comme lors de ses concerts.

« Tu joues au basket ? » a demandé papa, le tutoyant d'emblée. En tant que spectateur, il était fan de base-ball, mais, quand il s'agissait de pratiquer, il préférait se contenter de faire des paniers.

« Un peu, a répondu Adam. À vrai dire, je ne suis pas très bon.

— Pas besoin d'être bon. Il suffit de s'impliquer. On se fait une petite partie ? Je vois que tu as déjà les chaussures *ad hoc* », a dit mon père en jetant un coup d'œil aux Converse d'Adam. Puis il s'est tourné vers moi : « Ça t'ennuie, ma chérie ?

— Pas du tout. Je peux jouer du violoncelle pendant ce temps. »

Ils sont allés sur le terrain situé derrière l'école élémentaire, non loin de la maison. Quarante-cinq minutes plus tard, ils étaient de retour. Adam, l'air quelque peu hagard, était en nage.

« Que s'est-il passé ? ai-je demandé. Mon vieux papa aurait-il gagné le match ?

— Oui, j'avoue. Mais ce qui m'a littéralement scié, c'est que j'ai été piqué à la main par une abeille pendant la partie et qu'il a sucé la piqûre et recraché le venin. »

Mon père avait appris ce truc de ma grand-mère et, si ça ne marchait pas sur les morsures de serpent à sonnette, c'était efficace sur les piqûres d'abeille. Le dard était ôté en même temps que le venin et il restait juste une démangeaison sur la peau.

Adam m'a adressé un petit sourire gêné. Il s'est penché vers moi et m'a chuchoté à l'oreille : « Tu sais, je n'en reviens pas d'être devenu plus intime avec ton père qu'avec toi ! »

J'ai ri, mais ce n'était pas faux. Nous sortions ensemble depuis quelques semaines et nous n'étions pas allés plus loin que des baisers. Ce n'était pas par pruderie de ma part. Bien sûr, j'étais vierge, mais je n'en faisais pas un principe. Quant à Adam, il avait connu des filles, c'était évident. Le problème, c'est que nous appliquions les mêmes principes de politesse à nos baisers qu'à nos conversations.

« Ça peut peut-être s'arranger », ai-je murmuré.

Adam a haussé les sourcils. J'ai rougi. Pendant tout le dîner, nous nous sommes souri tout en écoutant Teddy raconter qu'il avait trouvé des ossements de dinosaures dans le jardin. Papa nous avait préparé du bœuf en croûte de sel, mon plat préféré, mais je n'avais pas faim. Je chipotais le contenu de mon assiette, en espérant que personne ne le remarquerait. Pendant ce temps, notre petit échange éveillait de plus en plus d'échos en moi. Cela me faisait penser au diapason dont je me servais pour accorder mon violoncelle. Quand on le frappe, il fait vibrer le *la* de plus en plus, jusqu'à ce que l'accord emplisse la pièce. Eh bien, c'est l'effet que m'a fait le sourire d'Adam pendant ce dîner.

Après le repas, Adam a jeté un coup d'œil aux trouvailles de Teddy, puis je l'ai invité à monter dans ma chambre et j'ai fermé la porte. Mon amie Kim n'a pas le droit d'être seule chez elle avec un garçon (en fait, l'occasion ne s'est jamais présentée), mais mes parents n'avaient jamais établi la moindre règle à ce propos. Je me doutais bien qu'ils savaient ce qui se passait entre Adam et moi, et cela devait les désarçonner, même si papa aimait avoir l'air de tout maîtriser.

Adam s'est allongé sur mon lit, les bras au-dessus de la tête, le visage illuminé par un grand sourire.

« Joue de moi, a-t-il dit.

— Pardon ?

— Joue de moi comme si j'étais un violoncelle. »

J'ai failli lui répondre que c'était absurde, et puis je me suis rendu compte que ça ne l'était pas du tout. Au contraire. Je suis allée prendre un de mes archets de rechange dans mon placard et, d'une voix tremblante, j'ai dit : « Ôte ton T-shirt. »

Il a obéi. Pour quelqu'un d'aussi long et mince, il était étonnamment musclé. J'aurais pu rester des heures en contemplation devant son torse. Mais il voulait que je me rapproche de lui, et moi, j'en avais très envie.

Je me suis assise perpendiculairement à ses hanches, de sorte que son corps était étendu devant moi, puis j'ai posé l'archet sur le lit. De la main gauche, j'ai caressé sa tête comme s'il s'agissait de la volute de mon instrument. Il a fermé les yeux. Je me suis un peu détendue. J'ai joué avec ses oreilles comme avec les chevilles du violoncelle, avant de le chatouiller gentiment, ce qui l'a fait rire. J'ai effleuré sa pomme d'Adam, puis, prenant une longue inspiration pour me donner du courage, j'ai laissé descendre mes mains le long de son torse. Du bout des doigts, j'ai suivi les tendons de ses muscles, un par un, en m'imaginant que chacun était une corde – *la, sol, do, ré*.

J'ai pris l'archet et je l'ai passé sur ses hanches, là où se situaient les ouïes du violoncelle, doucement au début, puis avec de plus en plus de force, en suivant le rythme de la chanson que j'interprétais en imagination. Adam, parfaitement immobile, poussait de petits gémissements et j'ai brusquement ressenti une bouffée d'amour et de désir, en même temps qu'un sentiment de toute-puissance nouveau pour moi. Je n'aurais jamais pensé procurer ce genre de sensations à quelqu'un.

Quand j'ai eu terminé, il s'est levé et m'a embrassée longuement, passionnément. « À mon tour, maintenant », a-t-il dit. Il m'a aidée à me lever et a ôté mon pull-over, puis il a baissé un peu mon jeans. Il s'est assis sur le lit et m'a mise en travers de ses genoux. Nous sommes restés ainsi quelques minutes, tandis que je sentais son regard sur moi. Personne ne m'avait encore observée ainsi.

Ensuite, il a commencé à jouer.

Sur le haut de mon torse, il a délicatement pincé les cordes de sa guitare imaginaire, ce qui m'a fait glousser car il me chatouillait. Quand il a laissé descendre ses mains un peu plus bas, je me suis tue. Le diapason vibrait de plus en plus fort à chaque fois qu'il touchait un nouvel endroit.

Au bout d'un moment, Adam a utilisé la technique du *picking*, comme les joueurs de flamenco. Il s'est servi de la partie supérieure de mon corps comme du manche, caressant mes cheveux, mon visage, mon cou. Il touchait mon torse et mon ventre et pourtant j'en ressentais l'effet en des endroits où il ne posait pas les mains. L'énergie s'accumulait, le diapason s'affolait et mon corps tout entier vibrait. Lorsque c'est devenu délicieusement insupportable, le tourbillon de sensations a atteint un vertigineux crescendo.

Puis tout s'est apaisé et j'ai ouvert les yeux, savourant le calme qui revenait en moi. Je me suis mise à rire, imitée par Adam. On s'est encore longuement embrassés, jusqu'à ce qu'il soit temps pour lui de rentrer.

Quand je l'ai raccompagné à sa voiture, j'ai eu envie de lui dire que je l'aimais. Mais je me suis ravisée. Après ce qui venait de se passer, cela aurait été d'une affligeante banalité. J'ai donc attendu le lendemain pour le faire.

« Je suis soulagé, a-t-il répondu avec un clin d'œil. Je me demandais si tu ne t'intéressais pas à moi uniquement pour le sexe ! »

Après ça, il y a encore eu des problèmes entre nous, bien sûr, mais au moins nous avons cessé de faire assaut de politesse.

16 h 39

Il y a foule autour de moi, maintenant. Papy et mamie. Oncle Greg. Tante Diane. Tante Kate. Mes cousins

John et David. Ma cousine Heather. Dans la famille de papa, ils étaient cinq enfants, ce qui fait qu'ils sont nombreux de son côté. Comme personne ne parle de Teddy, je me dis qu'il n'est pas ici. Il est sans doute resté dans l'autre hôpital et Willow veille sur lui.

La famille s'est rassemblée dans la salle d'attente. Pas la petite pièce où mes grands-parents se trouvaient pendant mon opération, à l'étage de la chirurgie, mais une plus vaste, dans le service principal, équipée de fauteuils et de canapés confortables, avec des magazines relativement récents. Tout le monde parle à voix basse, comme pour respecter les autres personnes présentes. Sauf qu'ils sont les seuls à attendre. Il y a une telle atmosphère de gravité que je retourne dans le couloir pour me détendre un peu.

En voyant arriver Kim, je suis ravie. Je retrouve son épaisse chevelure noire, que mon amie domestique tous les matins en une longue tresse d'où quelques mèches rebelles finissent toujours par s'échapper dans la journée.

Sa mère l'accompagne. Elle refuse de laisser Kim conduire sur de longs parcours et je me dis qu'avec ce qui est arrivé, elle ne risquait pas de faire exception aujourd'hui. Mrs Schein a le visage rouge et gonflé, comme si elle avait pleuré ou était sur le point de fondre en larmes. Je le sais parce que je l'ai souvent vue sangloter. Elle est très démonstrative. « La reine du mélo, comme dit mon amie. La mère juive dans toute sa splendeur. C'est plus fort qu'elle. J'ai bien peur d'être moi-même comme ça plus tard. »

Pour l'instant, le tempérament de Kim est à l'opposé de celui de Mrs Schein. Elle est très pince-sans-rire, de sorte qu'elle doit tout le temps préciser qu'elle plaisante quand son humour passe au-dessus de la tête des gens. J'ai du mal à m'imaginer qu'elle puisse ressembler un jour à sa mère, mais, après tout, je manque d'éléments de comparaison. Il y a peu de mères juives dans notre petite ville et peu d'élèves juifs au lycée. Et encore ceux-ci ne le sont-ils qu'à moitié, ce qui se traduit par la présence d'un chandelier à sept branches à côté de leur sapin de Noël.

Kim, elle, est vraiment juive. Parfois, je suis invitée chez elle le vendredi soir, pour le dîner de sabbat, où l'on allume des bougies et où l'on mange du pain en forme de tresse en buvant du vin (c'est la seule fois où Mrs Schein permet à sa fille de boire !). Kim est censée ne sortir qu'avec des garçons juifs, ce qui fait qu'elle n'a jamais de rendez-vous amoureux. Pour rire, elle raconte que c'est la raison pour laquelle ses parents sont venus s'installer ici. En réalité, son père avait trouvé un poste de directeur d'une usine de puces informatiques. À treize ans, elle a célébré sa bat-mitsva à Portland et pendant le cérémonial des bougies, lors de la réception, j'ai été invitée à en allumer une. Tous les ans, elle va en vacances dans un camp d'été juif du New Jersey. Le camp s'appelle « Torah Habonim ». Mais Kim l'a baptisé « Torah Torride », parce que les jeunes passent leur temps à draguer.

« C'est dans le style du camp musical d'*American Pie* », m'a-t-elle dit en riant. Pourtant, dans le camp de vacances où j'allais faire de la musique, l'ambiance était loin d'être déjantée.

Pour le moment, je vois bien que Kim est sur les nerfs. Elle avance à toute allure dans les couloirs de l'hôpital et précède Mrs Schein de trois bons mètres. Soudain, elle arrondit le dos comme un chat qui aurait aperçu un molosse et se retourne pour faire face à sa mère.

« Arrête ! s'écrie-t-elle. Merde, si je ne pleure pas, moi, tu n'as aucune raison de le faire ! »

C'est la première fois que je l'entends dire un gros mot. Je n'en reviens pas.

« Mais… mais… proteste sa mère entre deux sanglots, comment peux-tu être aussi calme alors que…

— Arrête ton cirque, maman ! Mia est encore parmi nous. On n'a pas de raisons de s'affoler, toi encore moins que moi. »

Sur ces mots, Kim file vers la salle d'attente, sa mère suivant péniblement. Quand elles entrent dans la pièce et découvrent ma famille assemblée, Mrs Schein se remet à pleurnicher.

Cette fois, Kim ne s'énerve pas, mais je vois ses oreilles rougir, ce qui signifie que sa colère ne s'est pas calmée. « Installe-toi tranquillement, maman, dit-elle. Moi, je préfère aller faire un tour. Je reviens tout à l'heure. »

Je la suis dans le couloir. Elle traverse ensuite le hall, contourne la boutique, passe devant la cafétéria, puis consulte le plan de l'hôpital. J'ai une petite idée de ce qu'elle cherche.

Elle se dirige en effet vers la chapelle qui se trouve au sous-sol. L'atmosphère y est paisible. Une chaîne invisible passe en sourdine une sorte de musique New Age.

Kim s'affale sur l'une des chaises recouvertes de peluche. Elle ôte son manteau noir, celui qu'elle a acheté dans le New Jersey lorsqu'elle est allée voir ses grands-parents et que je lui envie depuis.

« Ah, j'adore l'Oregon ! » s'exclame-t-elle. Elle essaie de rire, sans y parvenir. Son ton est sarcastique et je comprends que ce n'est pas à Dieu qu'elle s'adresse, mais à moi. Elle désigne la chapelle d'un geste circulaire. « C'est sans doute l'idée que l'hôpital se fait d'un lieu œcuménique… » Il y a au mur un crucifix, un lutrin recouvert d'un drap marqué d'une croix, et quelques tableaux représentant une Vierge à l'Enfant. « Voilà une étoile de David symbolique, poursuit-elle en tendant le doigt vers une étoile à six branches. Mais les musulmans ? Je ne vois pas de tapis de prière, ni rien qui permette de savoir où sont l'orient et La Mecque. Quant aux bouddhistes, est-ce qu'ils n'auraient pas droit à un gong ? Il y a sans doute plus de bouddhistes que de Juifs à Portland. »

Je m'assois sur une chaise à côté d'elle. J'aime sa façon de me parler, elle a quelque chose d'habituel, de naturel. À part l'urgentiste qui m'a dit de m'accrocher et l'infirmière qui me demande sans cesse comment je me sens, personne ne m'a adressé la parole depuis l'accident.

Je n'ai jamais vu Kim prier. Bien sûr, elle l'a fait à sa bat-mitsva et elle dit les bénédictions au dîner de sabbat, mais c'est par obligation. Dans l'ensemble, elle ne se sent pas très concernée par la religion. Au bout d'un moment, pourtant, elle ferme les yeux et murmure des mots dans une langue inconnue.

Quand elle a terminé, elle se frotte les mains comme pour dire « bon, ça suffit maintenant », puis s'adresse de nouveau à moi. « S'il te plaît, Mia, ne meurs pas. Je comprends que tu puisses y penser, mais dis-toi bien que si tu meurs, il y aura une cérémonie ridicule à l'école, genre hommage à Lady Di, avec fleurs, bougies et inscriptions sur des bouts de papier déposées près de ton casier. » Elle essuie une larme rebelle d'un revers de main. « Je sais que tu aurais horreur de ça. »

C'est peut-être parce qu'on se ressemblait trop, elle et moi. Dès que Kim est apparue, les gens ont pensé que nous serions amies, car nous avions des points communs : cheveux bruns, caractère calme et goût de l'étude, sans compter un côté sérieux – en apparence tout au moins. En vérité, nous n'avions ni l'une ni l'autre des résultats particulièrement brillants en classe, et si nous étions sérieuses, c'était surtout dans certains domaines, en l'occurrence la musique pour moi et la photographie pour elle. Au collège, où l'on ne s'embarrassait pas de subtilités, cela a suffi à nous classer dans la catégorie « presque jumelles ».

Tout de suite, on nous a réunies pour diverses activités. Trois jours après son arrivée en classe, Kim s'est portée volontaire pour être capitaine d'équipe pendant un match de foot. Immédiatement, le professeur a cherché du regard qui allait être capitaine de l'équipe adverse et, bien entendu, c'est tombé sur moi. « Merci du cadeau », ai-je murmuré à Kim en passant près d'elle.

La semaine suivante, en cours de littérature, le prof nous a désignées pour débattre ensemble à l'oral de *Ne tirez pas sur l'oiseau moqueur*, un roman de Harper Lee publié en 1960 qui raconte l'histoire d'un avocat blanc commis d'office en Alabama pour défendre un Noir injustement accusé de viol.

Kim et moi avons commencé par nous enfermer dans un silence têtu. Je l'ai rompu au bout de quelques minutes. « Je suppose qu'on doit parler du racisme dans le vieux Sud », ai-je dit.

Elle a eu l'air légèrement agacé, ce qui m'a donné envie de lui jeter un bouquin à la tête. J'étais la première étonnée de la haïr autant.

« J'ai lu ce livre à l'école où j'étais avant, a-t-elle répondu. Évidemment qu'il traite du racisme. Mais je crois que ce serait plus intéressant de poser la question de la bonté de l'être humain. Est-il naturellement bon et rendu mauvais par des trucs comme le racisme, ou est-ce qu'il est naturellement mauvais et doit tout faire pour lutter contre ?

— De toute façon, c'est un bouquin idiot », ai-je répondu sans savoir pourquoi.

En fait, je l'avais adoré et j'en avais discuté avec mon père, qui s'en servait dans ses cours. J'ai détesté encore plus Kim de m'avoir poussée à cette trahison.

Me voyant aussi butée, elle a compris qu'il était inutile de chercher à me convaincre. Résultat : nous avons récolté une note médiocre, ce qui m'a valu un regard méchamment satisfait de sa part.

Après ça, on a simplement évité de se parler. Cela n'a pas empêché les profs de nous associer pour des travaux, et tout le monde à l'école a continué à penser que nous étions amies. Ce qui nous énervait considérablement et ne faisait que nous séparer un peu plus.

Je me trouvais des raisons de détester Kim : c'était une sainte-nitouche, une emmerdeuse, une pimbêche. Par la suite, j'ai découvert que la réciproque était vraie. Pendant un cours, j'ai reçu à mes pieds un petit bout de papier plié sur lequel était marqué « Garce ! ». C'était la première fois que cela m'arrivait. J'étais furieuse et en même temps, au fond de moi, j'étais plutôt flattée. Au moins, je suscitais une réaction.

J'ai levé les yeux de mon livre de grammaire. Une seule personne était capable de m'envoyer ce billet.

J'ai regardé autour de moi. Tout le monde était plongé dans son bouquin. Tout le monde, sauf Kim. Elle avait les oreilles rouges et me regardait d'un air furieux. J'avais beau n'avoir que onze ans à l'époque et manquer d'expérience de la vie en société, j'ai compris qu'on me lançait un défi et que je devais le relever.

Plus tard, on s'est souvent dit en riant que cet épisode avait cimenté notre amitié. Sans compter qu'il nous avait donné l'occasion – la première et vraisemblablement la dernière – d'une bonne bagarre. Sinon, quand des filles comme nous auraient-elles pu se battre ? Il m'arrivait bien de rouler par terre avec Teddy ou de le pincer, mais cela n'avait rien à voir. Mon frère était encore un bébé et, même s'il avait été plus grand, je n'aurais jamais pu lui faire de mal. Je m'occupais de lui depuis sa naissance. Quant à Kim, elle était fille unique. Et si elle avait été mêlée à un échange un peu musclé dans son camp de vacances, les conséquences auraient été éprouvantes : des réunions interminables avec les éducateurs et le rabbin afin de résoudre le conflit par la parole.

En cette journée d'automne, donc, c'est avec les poings qu'on a réglé nos comptes. Après la cloche, on s'est dirigées en silence vers la cour de récréation. Nos sacs à dos à peine posés sur le sol humide, Kim m'a chargée comme un taureau de combat, me coupant le souffle. J'ai riposté par un coup de poing sur le côté de la tête. Des élèves s'étaient rassemblés autour de nous pour regarder le spectacle. Les batailles étaient rares dans notre école. Surtout entre filles.

Quand des professeurs sont venus nous séparer, la moitié de la classe de sixième nous entourait (en fait, c'est cette petite foule qui avait attiré leur attention). J'avais une lèvre fendue et je m'étais écorché le poignet en heurtant le piquet du filet de volley-ball alors que je visais l'épaule de Kim. Kim, elle, avait un œil à demi fermé et la cuisse éraflée après avoir buté sur son sac en tentant de me décocher un coup de pied. Match nul, quoi.

On n'a pas fait la paix de manière officielle. Une fois séparées, on s'est regardées, puis on a éclaté de rire. Après la visite dans le bureau du proviseur, on est rentrées à la maison en boitillant. Kim m'a expliqué pourquoi elle s'était portée volontaire pour être capitaine de l'équipe de foot : en faisant ça dès la rentrée, on était tranquille jusqu'à la fin de l'année scolaire (un bon truc dont je me suis servie par la suite). Et moi, je lui ai avoué que j'étais d'accord avec son approche de *Ne tirez pas sur l'oiseau moqueur*, qui était en fait l'un de mes livres préférés. Cela a suffi. On était devenues amies, comme tout le monde l'avait prévu. Par la suite, on ne s'est plus battues qu'avec des mots et cela a toujours fini par des éclats de rire.

N'empêche qu'après notre bagarre, la mère de Kim a refusé de la laisser aller chez moi, de peur de la voir revenir appuyée sur des béquilles. Maman a proposé de jouer les intermédiaires, mais, connaissant son absence de diplomatie, papa et moi avons estimé que ce n'était pas une bonne idée. Mon père a donc invité les Schein à dîner. Mrs Schein a eu l'air un peu décontenancée en découvrant ma famille. « Ainsi, vous travaillez chez un disquaire tout en étudiant pour devenir enseignant ? a-t-elle demandé à papa. Et c'est vraiment vous qui faites la cuisine ? Voilà qui n'est pas courant ! » Mais Mr Schein a décrété que nous étions des gens bien, pas violents du tout, et il a plaidé auprès de sa femme pour que Kim puisse venir librement à la maison.

Pendant quelques semaines, la réputation de filles sages qu'on avait, Kim et moi, a pas mal souffert. Le récit de notre bagarre circulait, avec des détails de plus en plus exagérés : il était maintenant question de morsures, de côtes cassées et autres ongles arrachés. Mais, après les vacances d'hiver, tout fut oublié. Nous sommes redevenues les « jumelles » sérieuses et sans histoire.

Cela nous était égal. À vrai dire, au fil des ans, cette réputation nous a servi. Si par hasard on était absentes le même jour, tout le monde pensait qu'on avait attrapé le même virus, alors qu'on séchait les cours pour aller voir des films d'art et d'essai qui passaient à la fac. Quant au canular qui a mis notre école aux enchères sur eBay, il ne nous a pas été attribué. Et même si l'on avait avoué, comme on envisageait de le faire si quelqu'un d'autre avait eu des ennuis, personne ne nous aurait prises au sérieux.

Cela amusait Kim. « Les gens croient ce qu'ils veulent bien croire », disait-elle.

16 h 47

Une fois, maman m'a introduite en douce dans un casino. La famille partait en vacances dans le parc national de Crater Lake et nous nous sommes arrêtés pour déjeuner dans le complexe de loisirs d'une réserve indienne. Ma mère a eu envie d'aller tenter sa chance au jeu et je l'ai accompagnée pendant que papa restait avec Teddy, qui somnolait dans sa poussette. Elle s'est assise à une table de black-jack. Le croupier nous a dévisagées, d'abord elle, puis moi, et elle lui a lancé un regard qui l'a littéralement cloué sur place, suivi d'un sourire éblouissant. Il lui a timidement rendu son sourire sans oser rien dire. Elle s'est mise à jouer et je l'ai observée, hypnotisée. Quand papa et Teddy sont venus nous chercher, grognons tous les deux, j'ai eu l'impression que nous étions là depuis un quart d'heure à peine. En fait, nous avions passé plus d'une heure à la table de jeu.

C'est la même chose dans l'unité de soins intensifs. On ne sait plus quel jour on est et on perd la notion du temps. La lumière est artificielle. Et il y a un bruit permanent. Sauf que ce ne sont ni les bips électroniques des machines à sous ni l'avalanche métallique des pièces qui tombent, mais le ronronnement des appareils médicaux et la conversation des infirmières.

Je me demande depuis combien de temps exactement je suis ici. Il y a un petit moment, l'infirmière que j'aime bien, celle qui a l'accent chantant, m'a dit qu'elle rentrait chez elle en ajoutant : « Je reviens demain, et j'espère te retrouver ici, mon petit. » Au début, j'ai trouvé ça curieux. Ne préférerait-elle pas me savoir rentrée chez moi, ou transférée dans un autre service de l'hôpital ? Et puis j'ai compris. C'était sa façon de me dire de ne pas mourir.

Les médecins vont et viennent. Ils soulèvent mes paupières et braquent le faisceau d'une petite lampe sur ma pupille avec des gestes brusques et pressés. On dirait que pour eux des paupières ne méritent pas d'être manipulées avec douceur. Cela me fait penser que dans la vie on touche rarement les yeux des autres. Parfois, un parent soulève la paupière d'un enfant pour ôter une poussière de son œil, ou un garçon dépose un baiser léger comme un papillon sur la paupière de sa petite amie, juste avant qu'elle s'endorme.

Mais les paupières n'ont pas l'habitude d'être rudoyées, au contraire des coudes, des genoux ou d'autres parties du corps.

Maintenant, l'assistante sociale est à mon chevet. Elle lit mon dossier et parle avec les infirmières, puis descend retrouver les membres de ma famille, qui ont cessé de parler à mi-voix et s'occupent chacun de son côté. Mamie tricote. Papy fait semblant de somnoler. Tante Diane joue au sudoku. Mes cousins se relaient sur leur Game Boy dont le son est coupé.

Kim n'est plus là. Quand elle est revenue de la chapelle, elle a trouvé sa mère complètement effondrée dans la salle d'attente. Très gênée, elle est sortie avec elle. En fait, je pense que la présence de Mrs Schein a été positive. Pendant que mes proches la réconfortaient, ils se sentaient utiles à quelque chose. Maintenant, ils n'ont plus rien à faire, à part attendre encore et encore.

Quand l'assistante sociale arrive, ils se lèvent comme devant une souveraine. Elle leur adresse un petit sourire. Je pense qu'elle leur indique ainsi que tout va bien, ou que mon état est stationnaire. Qu'elle est là pour donner les dernières informations et non pas pour lâcher une bombe.

« Mia est toujours inconsciente, mais ses signes vitaux s'améliorent, dit-elle. Elle est actuellement avec les spécialistes en kiné respiratoire. Ils font des tests pour savoir comment ses poumons fonctionnent et si l'on va pouvoir entamer le sevrage du respirateur.

— Si elle peut respirer seule, elle va bientôt se réveiller, non ? » demande tante Diane.

L'assistante sociale hoche la tête. « Si elle respire sans assistance, ce sera déjà un progrès. Cela montrera que ses poumons fonctionnent et que ses blessures internes se stabilisent. Restent les contusions cérébrales. C'est le point d'interrogation.

— Pourquoi ça ? demande ma cousine Heather.

— Nous ignorons quand elle va se réveiller seule et nous ne savons pas non plus quelle est l'importance des lésions cérébrales. Les premières vingt-quatre heures sont les plus critiques. Sachez néanmoins que Mia bénéficie des meilleurs soins.

— On peut la voir ? » interroge papy.

L'assistante sociale fait signe que oui.

« C'est pour cela que je suis ici. Ce serait une bonne chose pour Mia si elle recevait une visite. Brève. Et pas plus d'une ou deux personnes.

— Nous y allons. »

Ma grand-mère fait un pas en avant, mon grand-père à ses côtés.

« Parfait », dit leur interlocutrice. Puis elle ajoute, à l'intention du reste de la famille : « Ce ne sera pas long. »

Tous trois traversent le hall en silence. Dans l'ascenseur, l'assistante sociale tente de préparer mes grands-parents à ce qu'ils vont voir. Elle explique que mes blessures apparentes sont impressionnantes, mais qu'on peut les soigner. Ce qui est préoccupant, ce sont mes blessures internes.

Elle leur parle comme à des enfants. Pourtant, ils sont plus solides qu'ils n'en ont l'air. Papy était secouriste en Corée. Quant à mamie, elle est toujours en train de s'occuper d'un animal blessé, que ce soit un oiseau avec une aile cassée ou un castor malade. Je l'ai même vue soigner un cerf heurté par une voiture. D'habitude, elle déteste les cerfs, car ils ravagent son jardin. Mais elle n'a pas supporté de voir souffrir celui-ci, qui est ensuite allé dans une réserve naturelle.

Je me demande si elle n'a pas vu en lui l'un de ses anges.

N'empêche que lorsque mes grands-parents franchissent les portes automatiques de l'unité de soins intensifs, ils s'arrêtent, comme devant une barrière invisible. Mamie prend la main de son mari. Il y a bien longtemps que je ne l'ai vue faire ce geste. Elle parcourt les lits du regard, mais papy m'a tout de suite repérée et il se dirige vers moi à grands pas.

« Bonjour, mon canard », dit-il. Il y a une éternité qu'il ne m'a pas appelée ainsi. La dernière fois, j'étais plus jeune que Teddy. Mamie s'approche lentement, en prenant de courtes inspirations. Je crains que ses sauvetages d'animaux en détresse n'aient pas constitué une préparation suffisante.

L'assistante sociale apporte deux chaises qu'elle place au pied de mon lit. « Mia, tes grands-parents sont là », annonce-t-elle en leur faisant signe de s'asseoir, avant d'ajouter : « Je vais vous laisser, maintenant.

— Est-ce qu'elle nous entend ? interroge ma grand-mère. Si nous lui parlons, elle nous comprend ?

— Pour être sincère, je ne sais pas. Mais votre présence va la réconforter, tant que vous lui dites des paroles réconfortantes. »

Elle accompagne cette dernière phrase d'un regard sévère, comme pour leur intimer de ne rien dire qui puisse me déstabiliser. Je sais bien qu'elle n'a pas le temps de s'attendrir, avec tout le travail qui l'attend ailleurs ; pourtant, pendant quelques instants, je la déteste.

Après son départ, mes grands-parents restent un moment silencieux. Puis mamie se met à bavarder à propos des orchidées qu'elle cultive dans sa serre. Je remarque qu'elle ne porte plus son tablier de jardinage, mais un pantalon de velours et un pull-over. Quelqu'un a dû passer chez elle pour prendre des vêtements propres. Papy a les mains qui tremblent. Lui qui n'est pas bavard doit avoir du mal à parler de choses et d'autres, comme le leur a demandé l'assistante sociale.

Une nouvelle infirmière s'approche. Elle a des cheveux bruns, des yeux noirs maquillés avec une ombre à paupières nacrée. Ses faux ongles ont des décalcomanies en forme de petit cœur dessus. Elle doit se donner beaucoup de mal pour les entretenir. J'admire le résultat.

Ce n'est pas mon infirmière attitrée, mais elle s'adresse tout de même à mes grands-parents.

« N'ayez aucun doute, elle vous entend, dit-elle. Elle se rend compte de tout ce qui se passe. »

Elle reste là, les mains sur les hanches. Pour un peu, elle ferait une bulle de chewing-gum. Mon grand-père et ma grand-mère boivent ses paroles.

« Vous croyez que tout dépend des médecins, ou des infirmières, ou de cet équipement ? poursuit-elle en tendant la main vers le mur d'appareils médicaux. Eh bien, non. C'est elle qui mène le jeu. Alors, parlez-lui. Dites-lui qu'elle peut prendre tout le temps qu'elle veut, mais qu'elle revienne. Vous l'attendez. »

Il ne serait pas venu à l'idée de mes parents de dire que Teddy ou moi, nous étions un « accident », une « surprise », ou tout autre euphémisme stupide de ce genre. Mais notre naissance n'était pas programmée. Ça, ils n'ont jamais tenté de le dissimuler.

Quand maman est tombée enceinte de moi, elle avait vingt-trois ans. Dans le milieu rock, c'était jeune. Mon père et elle étaient mariés depuis un an.

En un sens, papa a toujours été plus traditionnel qu'on pourrait le croire. Malgré ses cheveux bleus, ses tatouages, ses pantalons en cuir et son emploi chez un disquaire, il a tenu à épouser ma mère à une époque où leurs copains avaient encore des aventures d'un soir. « Il n'y a rien de plus idiot que la formule "ma petite amie", disait-il. Je ne supportais pas de l'appeler comme ça. Alors, on s'est mariés, pour que je puisse dire "ma femme". »

Ma mère, pour sa part, venait d'une famille éclatée. Elle ne m'a pas donné les détails, mais je sais que son père avait quitté le foyer depuis longtemps et qu'elle-même avait perdu le contact avec sa mère pendant un moment. Malgré tout, aujourd'hui, nous voyons une ou deux fois par an grand-maman et papa Richard, comme nous appelons son beau-père.

En se mariant, maman est donc entrée dans une famille nombreuse et relativement normale. Elle a accepté d'épouser papa alors qu'ils n'étaient ensemble que depuis un an. Bien sûr, ils l'ont fait à leur manière. C'est-à-dire devant une juge de paix lesbienne, tandis que leurs amis jouaient à la guitare amplifiée une version bruyante de la *Marche nuptiale*. La mariée portait une robe blanche à franges et des bottes de cow-boy noires, le marié était vêtu de cuir.

Je suis venue au monde à cause du mariage de quelqu'un d'autre. L'un des copains musiciens de papa qui était parti vivre à Seattle avait mis sa copine enceinte et ils « régularisaient ». Mes parents ont assisté à la cérémonie et, après la réception, ils sont rentrés un peu éméchés à l'hôtel. Résultat, ils ont oublié de prendre des précautions et, trois mois plus tard, un trait bleu apparaissait sur le test de grossesse.

À les entendre, ni l'un ni l'autre n'était prêt à devenir parent. Ils ne se sentaient pas vraiment adultes. Mais il n'était pas question de refuser que je vienne au monde. Maman a toujours fait face à ses choix. Et, dans ce cas, elle a fait le choix de me garder.

Papa était plus hésitant. Plus effrayé. Jusqu'à ce que l'accoucheur me sorte du ventre maternel. Là, il s'est mis à pleurer.

« Mais non ! » protestait-il lorsque maman évoquait la scène.

Ma mère prenait un air amusé : « Ah bon, parce que tu n'as pas pleuré ?

— Ce sont les bébés qui pleurent, disait-il en m'adressant un clin d'œil. Moi, j'ai versé une larme. Nuance ! »

Comme j'étais le seul enfant dans leur groupe d'amis, je constituais une attraction. J'ai été élevée au sein d'une communauté rock, avec quantité d'oncles et de tantes qui m'avaient adoptée, même après que j'ai montré une étrange préférence pour la musique classique. Je n'étais pas pour autant en manque de vraie famille. Papy et mamie habitaient tout près, et ils étaient ravis de me prendre pendant le week-end pour que mes parents puissent passer la nuit dehors quand papa était en concert.

Quand j'ai eu quatre ans, mes parents ont constaté qu'ils arrivaient très bien à élever un enfant sans pour autant avoir beaucoup d'argent, ni un « vrai » métier. Nous vivions dans une maison agréable, au loyer modéré. J'avais de quoi m'habiller (avec des vêtements portés par mes cousins) et j'étais éclatante de santé et de joie de vivre.

« Au fond, tu représentais une sorte d'expérience, m'a dit un jour papa. Tellement réussie qu'on s'est dit que c'était peut-être un coup de chance et qu'il fallait vérifier l'hypothèse en ayant un autre enfant. »

Ils ont essayé pendant quatre ans. Maman est tombée deux fois enceinte. Deux fois, elle a fait une fausse couche. Mes parents étaient très tristes, mais ils n'avaient pas assez d'argent pour se lancer dans le parcours de la fécondation artificielle. Ils ont fini par se dire que ce n'était pas plus mal ainsi. J'avais maintenant neuf ans et je devenais indépendante.

Comme pour se convaincre qu'il y avait des avantages à ne pas être coincés à la maison avec un bébé, ils ont décidé que nous passerions tous les trois une semaine à New York. C'était censé être un pèlerinage musical. Au programme, le CBGB's, un célèbre club où jouaient des groupes rock, et Carnegie Hall pour le classique. Mais, à sa grande surprise, maman s'est aperçue qu'elle était enceinte. Et à sa surprise plus grande encore, elle a passé le cap des trois premiers mois de grossesse. On a dû annuler le séjour. Elle était fatiguée, maussade, nauséeuse. Sans compter qu'un bébé, ça coûte cher et qu'on avait besoin de faire des économies.

Je m'en moquais. J'étais tout excitée par la perspective d'avoir un petit frère ou une petite sœur. Et je savais qu'un jour, quoi qu'il arrive, j'aurais l'occasion d'aller à Carnegie Hall.

17 h 40

Je commence à m'inquiéter. Mes grands-parents ont quitté les soins intensifs tout à l'heure. Assise sur une chaise, je repasse dans ma tête ce qu'ils ont dit. Rien que des choses gentilles et anodines. Jusqu'à leur départ. Parce que, dès qu'ils ont franchi les portes, moi sur leurs talons, papy s'est tourné vers mamie et lui a demandé : « Tu crois que c'est elle qui décide ?

— Elle qui décide quoi ?

— Tu sais bien. »

Mon grand-père chuchotait, l'air embarrassé.

« Mais de quoi parles-tu ? »

Mamie semblait à la fois exaspérée et attendrie.

« J'en sais rien, en fait. Après tout, c'est toi qui crois à l'existence des anges.

— Quel rapport avec Mia ?

— S'ils sont parmi nous tout en étant dans l'au-delà, comme tu le crois, qu'arrive-t-il s'ils veulent qu'elle les rejoigne ? Ou si elle veut les rejoindre ?

— Ça ne se passe pas comme ça », a répondu ma grand-mère d'un ton péremptoire.

Papy n'a pas insisté.

Après leur départ, je me suis dit qu'un jour, je devrais avouer à mamie que je n'ai jamais vraiment cru à son histoire d'anges gardiens prenant la forme d'animaux.

Aujourd'hui, je suis sûre que c'est de l'invention. Mes parents ne sont pas là pour me tenir la main ou me réconforter. S'ils en avaient eu la possibilité, ils seraient venus, je le sais. Peut-être pas ensemble. Maman resterait avec Teddy pendant que papa veillerait sur moi. Mais aucun des deux n'est présent.

Au même moment, les paroles de l'infirmière me reviennent. *C'est elle qui mène le jeu.* Et soudain, je comprends le véritable sens de la question de mon grand-père. Car lui aussi a entendu la phrase prononcée par l'infirmière.

Si je reste. Si je vis. C'est moi qui décide.

Cela ne dépend pas des médecins. Leurs histoires de coma artificiel, c'est du bla-bla. Cela ne dépend pas non plus des anges, qui brillent par leur absence. Cela ne dépend même pas de Dieu qui, s'Il existe, ne se montre pas en ce moment. Mais de moi.

Comment suis-je censée prendre ma décision ? Comment puis-je rester, sans papa et sans maman ? Comment puis-je m'en aller en laissant Teddy ? Et Adam ? C'est trop pour moi. Je ne comprends même pas comment tout cela fonctionne, pourquoi je suis ici dans cet état et comment je pourrais en sortir si je le voulais. Si je disais : « Je veux me réveiller », est-ce que je me réveillerais maintenant ? J'ai déjà essayé de retrouver Teddy et de me transporter à la plage en claquant des doigts et ça n'a pas marché. Or c'était beaucoup moins compliqué.

Pourtant, je suis persuadée qu'il y a du vrai dans l'affirmation de l'infirmière. C'est moi qui mène le jeu. Tout le monde est aux petits soins pour moi.

C'est moi qui décide, je le sais maintenant.

Et cette certitude me terrifie encore plus que tout ce qui est arrivé aujourd'hui.

Où est Adam, bon sang ?

Une semaine avant Halloween, quand j'étais en première, Adam a débarqué chez moi, l'air triomphant, une housse de vêtements à la main.

« Attention, tu vas pâlir de jalousie », m'a-t-il lancé avec un sourire béat. Il a ouvert la housse. À l'intérieur se trouvaient une chemise blanche à jabot, une redingote et une culotte.

« Tu vas te déguiser en pirate ? » ai-je demandé.

Il a levé les yeux au ciel.

« En Mozart, voyons. Dire que c'est à une musicienne classique que je parle ! Attends, tu n'as pas vu les chaussures ! »

Il a plongé la main dans le sac et en a sorti des espèces d'escarpins noirs à boucle.

« Ravissant, Adam. Ma mère a pratiquement les mêmes.

— Cause toujours. Tu baves d'envie parce que tu n'as pas un déguisement aussi rock'n roll. Je vais également porter des collants et une perruque, je te signale, sans pour autant nuire à ma virilité. »

J'ai passé les doigts dans la perruque. On aurait dit de la toile grossière.

« Où as-tu trouvé cet accoutrement ?

— Sur le Net. Cent dollars à peine.

— Tu as dépensé cent dollars pour te déguiser à Halloween ? »

En entendant le mot « Halloween », Teddy a dévalé les escaliers et a tiré Adam par la manche en m'ignorant royalement. « Attends ! » a-t-il ordonné. Il est remonté à l'étage et est redescendu quelques instants plus tard, un sac en papier à la main. « Comment tu trouves mon costume ? Il fait pas trop bébé ? » a-t-il demandé en extirpant du sac un pyjama rouge, une queue fourchue de la même couleur, une petite fourche et une paire de cornes du diable.

Adam a reculé, les yeux écarquillés.

« Rien que de voir cette tenue, j'ai diablement peur !

— C'est vrai ? Tu crois pas que je vais avoir l'air idiot avec ce pyjama ? J'ai pas envie qu'on se moque de moi. »

Teddy était si sérieux qu'il en avait le front plissé.

Adam s'efforçait de ne pas éclater de rire.

« Je vais te dire, Teddy. Dans un costume pareil, tu vas avoir l'air si démoniaque que personne ne s'avisera de te provoquer, de peur de finir en enfer ! »

Teddy lui a adressé un sourire radieux, révélant l'absence d'une dent de devant.

« C'est ce que dit maman, mais j'étais pas sûr. »

Il s'est ensuite tourné vers moi.

« Tu m'emmèneras demander des bonbons, Mia ?

— Comme tous les ans, Teddy. Comment est-ce que je me procurerais des confiseries, autrement ?

— Adam viendra aussi ? »

Adam lui a affirmé que oui, puis, une fois Teddy remonté dans sa chambre, il m'a demandé : « En quoi vas-tu te déguiser ?

— Les déguisements, ce n'est pas trop mon truc, Adam.

— Fais un effort. C'est notre premier Halloween ensemble. Shooting Star donne un concert spécial ce soir-là. Tout le monde sera costumé et tu as promis de venir. »

La tuile.

Cela faisait six mois que je sortais avec Adam. Je commençais à m'habituer à ce que nous soyons considérés au lycée comme un couple mal assorti (on nous appelait Geek et Groovy). Je me sentais déjà plus à l'aise avec sa bande de musiciens. J'avais même un peu appris à parler rock. Je ne faisais plus figure d'extraterrestre lorsque Adam m'emmenait à la Maison du Rock, le bâtiment biscornu où les autres vivaient, non loin de la fac. Je pouvais même assister aux soirées punk-rock où chacun devait apporter à manger. On mélangeait tout et on essayait d'en tirer quelque chose. J'étais devenue championne des recettes à base de galettes de soja, de betteraves, de feta et d'abricots secs.

Mais je détestais toujours les concerts. Le pire, c'est que je m'en voulais de les détester. Ils avaient lieu dans des clubs enfumés dont je ressortais avec les yeux irrités et les vêtements empestant la cigarette. Le volume sonore des enceintes était si élevé que j'en avais des sifflements dans les oreilles. Quand je rentrais chez moi, je n'arrivais pas à dormir. Je me repassais le film de la soirée et à chaque fois je me sentais plus lamentable.

« Ne me dis pas que tu te défiles ? m'a demandé Adam sur un ton à la fois peiné et irrité.

— On a promis à Teddy d'aller demander des bonbons avec lui…

— Oui, à cinq heures. Le concert ne commence pas avant dix heures du soir. Tu n'as donc pas d'excuses. Et tu as intérêt à te trouver une tenue géniale, parce que je vais être follement sexy, dans le genre XVIIIᵉ siècle. »

Il m'a laissée pour aller livrer des pizzas. J'avais l'estomac noué. Je suis montée à l'étage pour répéter le morceau de Dvořák que Christie m'avait demandé d'étudier et pour réfléchir à ce qui me contrariait. Pourquoi n'aimais-je pas ses concerts ? Était-ce par jalousie, parce que Shooting Star commençait à avoir du succès ? Parce que les groupies étaient de plus en plus nombreuses ? Cela aurait pu être une explication logique, mais ce n'était pas la bonne.

J'ai trouvé la réponse après avoir joué pendant une dizaine de minutes. Mon aversion pour les concerts n'avait rien à voir avec la jalousie, ni avec la musique ou les fans. Elle était liée aux doutes. Les mêmes doutes que m'avait toujours inspirés mon sentiment d'être le vilain petit canard. Je me sentais étrangère dans ma famille et maintenant je me sentais étrangère dans l'entourage d'Adam. Sauf qu'Adam m'avait choisie, au contraire de ma famille. Et ça, je n'arrivais pas à le comprendre. Pourquoi lui avais-je plu, moi ? C'était absurde. Je savais que la musique était à l'origine de notre rencontre, en nous réunissant dans un même lieu où nous avions pu faire connaissance. Je savais aussi qu'Adam appréciait ma passion pour la musique. Et qu'il comprenait mon sens de l'humour, un humour « si noir qu'on passerait presque à côté », disait-il. Je savais qu'il avait un faible pour les brunes, parce que ses précédentes petites amies l'étaient toutes. Et enfin je savais que lorsque nous étions seuls, nous pouvions parler pendant des heures, ou bien lire côte à côte, chacun relié à son iPod, en se sentant proche de l'autre. Tout cela, ma tête le comprenait parfaitement, mais mon cœur n'y croyait pas. Quand j'étais avec Adam, j'avais l'impression d'avoir été choisie en particulier, et cela ne faisait que me pousser un peu plus à me demander pourquoi *moi*.

Et c'était sans doute la raison pour laquelle j'aurais préféré aller me faire arracher une dent plutôt que d'être présente à l'un des concerts d'Adam, même si lui, de son côté, supportait les symphonies de Schubert et assistait à chacun de mes récitals en m'offrant des bouquets de lis roses, ma fleur préférée. Ce qui, de ma part, était vraiment mal élevé. J'ai pensé à ce que me disait parfois maman quand je manquais d'assurance : « Fais comme si, jusqu'à ce que tu y arrives. » Après avoir joué trois fois le morceau, j'ai décidé que non seulement j'assisterais au concert d'Adam, mais que je ferais l'effort de comprendre son univers puisque, de son côté, il faisait l'effort de comprendre le mien.

« J'ai besoin de ton aide, ai-je dit ce soir-là à ma mère en essuyant la vaisselle.

— Je crains de ne pas être très bonne en trigonométrie, Mia.

— Ce n'est pas pour les maths. À ton avis, parmi les rockeuses, quelle est la plus battante, la plus sympa, la plus sexy ?

— Impossible de n'en citer qu'une. Disons Blondie. Patti Smith. Jan Jett. Courtney Love, malgré son style *destroy*. Lucinda Williams, même si elle est country. Kim Gordon, de Sonic Youth, la cinquantaine et toujours aussi sulfureuse. Cat Power. Joan Armatrading. Mais, dis-moi, qu'est-ce qui se passe ? Tu fais une étude sociologique ?

— En quelque sorte. C'est pour Halloween. »

Maman a applaudi, les mains encore savonneuses.

« Tu vas te déguiser en chanteuse rock ?

— Oui. Je peux compter sur toi ? »

Ma mère a quitté son travail de bonne heure pour qu'on puisse faire les friperies. Son idée était qu'il valait mieux pasticher le look rockeuse plutôt que d'imiter une star de la scène rock en particulier. On a donc acheté un pantalon moulant en faux lézard, un bracelet en cuir noir, une vingtaine de fins bracelets d'argent pour l'autre poignet, et une perruque blonde à frange, style Blondie du début des années 1980, sur laquelle ma mère a tracé des mèches avec un gel violet. Dans ses propres armoires, elle est allée chercher les boots noires pointues qu'elle portait le jour de son mariage, plus un authentique T-shirt à l'effigie du Velvet Underground, qu'elle m'a conseillé de ne pas ôter, car quelqu'un risquait de me le faucher pour le vendre aux enchères sur eBay.

Le jour de Halloween, c'est elle qui m'a maquillée. Elle a tracé un trait épais d'eye-liner noir sur mes yeux, ce qui me faisait un regard inquiétant. Elle m'a poudré le visage de blanc et peint les lèvres avec un rouge sanglant, avant de coller un faux piercing dans mon nez pour la touche finale. Quand je me suis regardée dans la glace, j'ai cru la voir, elle. Peut-être était-ce dû à la perruque blonde. En tout cas, pour la première fois, je trouvais que je ressemblais à ma famille proche.

Mes parents et Teddy ont attendu Adam au rez-de-chaussée pendant que je restais dans ma chambre. Papa s'était muni de son appareil photo et maman a esquissé quelques pas de danse, tellement elle était excitée. Quand Adam est arrivé, en lançant une pluie de bonbons à Teddy, ils m'ont appelée.

J'ai descendu les escaliers en essayant de ne pas me tordre les pieds dans mes boots. Je m'attendais à ce qu'Adam ouvre des yeux émerveillés en me découvrant dans cette tenue, lui qui me voyait toujours en jeans. Mais il s'est borné à un sourire appréciateur. « Joli déguisement » a été son seul commentaire.

J'ai montré du doigt sa tenue mozartienne.

« Le tien n'est pas mal non plus.

— T'es jolie comme ça, dans le genre bizarre, a déclaré Teddy. Sexy, quoi, mais j'ai pas droit de le dire parce que je suis ton frère. »

Je me suis penchée vers lui.

« Parce qu'à six ans, tu sais ce que signifie "sexy", toi ?

— Tout le monde le sait. »

Tout le monde sauf moi, il faut croire. Ce soir-là, je l'ai appris. Quand on est allés récolter des friandises avec Teddy, mes propres voisins ne m'ont pas reconnue. Des mâles qui ne m'avaient jamais accordé un regard se sont retournés sur mon passage. Et à chaque fois, je me sentais un peu plus authentiquement sexy. « Fais comme si, jusqu'à ce que tu y arrives » : le conseil de maman marchait.

Le club où se produisait Shooting Star était plein à craquer. Chacun était déguisé. La plupart des filles arboraient le genre de costume qui, d'habitude, me fait me sentir godiche : tenue de soubrette au décolleté plongeant, attirail de maîtresse sadomaso, jupette de lolitas et porte-jarretelles rouges. Pourtant, je ne me suis sentie godiche à aucun moment de la soirée, même si personne ne semblait penser que j'étais déguisée.

« C'est une soirée costumée, tu ne savais pas ? » m'a lancé un type avant de proposer de m'offrir un verre. « Tu ne ferais pas partie du Crack House Quartet ? » a demandé un autre, le visage dissimulé derrière un masque d'Hillary Clinton. Il faisait référence à un groupe hard-core qu'Adam aimait et que je détestais.

« Putain, j'adôôre ce pantalon, a hurlé une fille en robe charleston. Tu l'as acheté à Seattle ? »

Lorsque Shooting Star a commencé à jouer, je ne suis pas restée dans les coulisses, contrairement à mon habitude d'assister au concert sagement assise sur une chaise pour ne pas avoir à parler à qui que ce soit. Ce soir-là, je suis allée me balader du côté du bar et, quand la fille à la robe charleston m'a prise par le bras pour que j'aille danser un pogo avec elle, je me suis laissé faire.

C'était la première fois que je me lançais dans ce genre de danse frénétique. Jusque-là, je ne voyais pas l'intérêt de me faire marcher sur les pieds par des types balèzes habillés en cuir et complètement ivres. Là, pourtant, je me suis prise au jeu. J'ai compris ce que c'était que de transmettre mon énergie à la foule et d'absorber la sienne. Le pogo était plus que de la danse, un vrai tourbillon.

Quand Adam a fini de jouer, j'étais aussi haletante et trempée de sueur que lui. Je ne suis pas allée dans les coulisses pour l'accueillir avant tout le monde. J'ai attendu qu'il aille dans la salle rencontrer son public comme il le faisait à la fin de chaque spectacle. Et quand il est apparu, buvant au goulot d'une bouteille d'eau, une serviette autour du cou, je me suis jetée dans ses bras et je l'ai embrassé à pleine bouche. J'ai senti qu'il souriait tout en me rendant mon baiser.

« Oh, mais on dirait que l'esprit de Debbie Harry est passé par là, m'a-t-il chuchoté en essuyant une trace de rouge à lèvres sur son menton.

— Peut-être bien ! Et toi ? Es-tu inspiré par Mozart ?

— Tout ce que je sais de lui, je l'ai appris par le film. Si ma mémoire est bonne, c'était un chaud lapin. Et après ce baiser, je suis bien dans le personnage. Tu étais prête à partir ? Je remballe et on s'en va, si tu veux.

— Non, restons jusqu'à la fin du concert. »

Adam a haussé les sourcils.

« Vraiment ?

— Je pourrai même rejoindre le pogo avec toi.

— Tu as bu, c'est pas possible ! a-t-il dit en riant.

— Juste du jus de fruits. »

On a dansé jusqu'à la fermeture, en s'arrêtant de temps en temps pour s'embrasser passionnément.

En me raccompagnant en voiture, Adam m'a tenu la main pendant tout le trajet. De temps en temps, il se tournait vers moi et hochait la tête en souriant.

« Alors, est-ce que je te plais comme ça ? ai-je demandé.

— Hummm.

— Ça veut dire oui ou ça veut dire non ?

— Ce qui m'a plu, c'est que tu sois restée à la soirée. Complètement relax avec notre bande de sauvages. Le top du top, ça a été de danser avec toi.

— Oui, mais est-ce que je te plais plus comme ça ?

— Plus que quoi ? »

Sa perplexité n'était pas feinte.

« Que d'habitude. »

Je commençais à m'énerver. Cette nuit, je m'étais sentie impudente, comme si mon déguisement de Halloween m'avait permis d'endosser une autre personnalité, plus proche d'Adam et de ma famille. J'essayais de le lui expliquer et, malgré moi, j'en avais les larmes aux yeux.

Adam s'est aperçu de mon désarroi. Il a garé la voiture sur une petite route et s'est tourné vers moi. « Mia, c'est ta personne que j'aime, a-t-il dit en caressant une mèche qui s'échappait de ma perruque. D'accord, tu t'es habillée plus sexy, tu es blonde et c'est différent. Mais celle que tu es cette nuit est la même dont j'étais amoureux hier et la même dont je serai amoureux demain. Je t'aime fragile et dure, cool et casse-pieds. Tu es l'une des filles les plus punk que je connaisse et ça n'a rien à voir avec la musique que tu écoutes ni avec ta façon de t'habiller. »

Par la suite, à chaque fois que j'ai eu un doute sur les sentiments d'Adam, j'ai pensé à ma perruque, qui prenait la poussière dans mon placard, et je me suis souvenue de cette nuit. Et la certitude d'avoir de la chance, beaucoup de chance, a remplacé mes incertitudes.

19 h 13

Il est ici.

Je me trouve dans une salle vide de la maternité, où je me suis installée pour prendre un peu de distance avec mes proches et surtout pour m'éloigner des soins intensifs et de cette infirmière – ou plutôt des paroles de cette infirmière, dont je comprends maintenant le sens. J'avais envie d'être dans un endroit où personne ne serait triste, où l'on penserait à la vie, pas à la mort. Je suis donc venue dans ce service, le domaine des bébés qui pleurent. En fait, leurs vagissements sont réconfortants. Ces petits êtres ont déjà une énergie folle.

Pour l'instant, néanmoins, tout est calme. Je suis assise près de la fenêtre et je contemple la nuit au-dehors. Une voiture descend la rampe du garage. Tirée de ma rêverie, j'aperçois les feux arrière d'un véhicule rose qui disparaît dans l'obscurité. Sarah, la petite amie de Liz – la batteuse de Shooting Star –, a une Dodge de cette couleur. Je retiens mon souffle, espérant voir apparaître Adam à la sortie du tunnel. Et c'est bien lui qui émerge, serrant sa veste en cuir contre lui pour se protéger du froid. Je vois briller la chaîne de son portefeuille à la lumière des lampadaires. Il s'arrête et se retourne pour parler à quelqu'un derrière lui. Une silhouette féminine sort de l'ombre à son tour. Je crois d'abord qu'il s'agit de Liz. Puis j'aperçois une tresse.

Je l'embrasserais. Je peux compter sur Kim pour aller au-devant de mes besoins.

Évidemment, c'est Kim en personne qui a prévenu Adam au lieu de lui annoncer la nouvelle par téléphone. Elle qui savait qu'il donnait un concert en ville. Elle qui, à en juger par l'absence de Mrs Schein, a réussi à persuader sa mère de l'accompagner en ville pour aller chercher Adam, puis de rentrer à la maison en la laissant revenir ici avec lui. Tout cela en quelques heures, alors qu'elle avait mis deux mois à obtenir la permission maternelle pour l'épisode de l'hélicoptère. C'est aussi Kim qui a bravé les vigiles et autres personnages intimidants. Kim enfin qui a eu le courage d'annoncer la nouvelle à Adam.

Je sais que c'est une réflexion idiote, mais je suis contente de ne pas m'être trouvée à sa place. Je crois que je ne l'aurais pas supporté.

Grâce à Kim, Adam est enfin ici.

Toute la journée, j'ai imaginé son arrivée. Je me suis vue en train de me précipiter pour l'accueillir, même s'il ne peut pas me voir et si la situation ne ressemble apparemment pas au film *Ghost*, où l'on peut passer à travers les gens qu'on aime afin qu'ils sentent votre présence.

Mais maintenant qu'Adam est là, je suis paralysée. J'ai peur de le voir. De voir son visage. Devant moi, il a pleuré à deux reprises. La première, c'était quand nous regardions *La vie est belle*, un vieux film émouvant de Frank Capra. La seconde, c'était à la gare de Seattle, quand une mère a réprimandé et frappé son fils trisomique sous nos yeux. Il n'a rien dit sur le moment, mais un peu plus tard j'ai vu les larmes qui coulaient sur ses joues. Et cela m'a fendu le cœur. S'il pleure, je vais en mourir. Ce ne sera pas une question de choix. Ça me tuera.

Je suis trop nulle, vraiment.

Je jette un coup d'œil à la pendule sur le mur. Il est plus de dix-neuf heures. Shooting Star ne fera finalement pas la première partie de Bikini. Quel dommage ! C'était une promo formidable pour le groupe. Pendant quelques instants, je me demande si les autres vont jouer sans Adam. Sans doute pas. Il est le principal chanteur et guitariste de Shooting Star. Et puis surtout, ils ont une sorte de code d'honneur. Chez eux, les sentiments comptent. L'an passé, quand Liz et Sarah ont rompu (ce qui n'a pas duré un mois, en vérité), Liz était trop déprimée pour jouer. Le batteur d'une autre formation, Gordon, a proposé de la remplacer, mais le groupe a préféré annuler une tournée de cinq concerts.

Je regarde Adam s'avancer vers l'entrée de l'hôpital, Kim sur ses talons. Juste avant d'atteindre le velum et les portes automatiques, il lève les yeux vers le ciel. Il attend Kim, mais j'aime penser qu'il me cherche. Son visage, éclairé par les lampadaires, n'exprime rien. On dirait un masque. Cela ne ressemble pas à Adam. Du moins, il ne pleure pas.

Ce qui me donne le courage de me diriger vers lui. Ou plutôt vers moi, aux soins intensifs, où je sais qu'il voudra aller. Il connaît mes grands-parents et mes cousins et je devine qu'il ira plus tard se joindre à ceux qui veillent dans la salle d'attente. Mais, pour le moment, c'est moi qu'il veut voir.

Aux soins intensifs, c'est toujours le calme plat. L'un des chirurgiens qui m'ont opérée – celui qui transpire beaucoup et qui a mis Weezer à tue-tête quand cela a été son tour de choisir la musique – examine mon dossier.

La lumière est douce et ne change jamais d'intensité, mais, malgré tout, le rythme circadien est sensible et un calme nocturne règne. L'activité est moins frénétique que durant la journée, comme si machines et infirmières étaient fatiguées et s'économisaient.

Aussi, quand la voix d'Adam résonne dans le couloir extérieur, elle réveille tout le monde.

« Comment ça, je ne peux pas entrer ? » tonne-t-il.

Je traverse l'unité et me poste derrière les portes. Un aide-soignant est en train d'expliquer à Adam qu'il n'a pas le droit de pénétrer dans cette partie de l'hôpital.

« Qu'est-ce que c'est que cette connerie ? » hurle-t-il.

À l'intérieur de l'unité, toutes les infirmières se tournent vers l'entrée, l'air soucieux. Elles doivent se dire qu'elles ont déjà assez à faire sans avoir à se préoccuper d'excités à l'extérieur. J'ai envie de leur expliquer qu'Adam n'est pas un excité. Qu'il ne hurle que dans des occasions très particulières.

Avec un petit hochement de tête, comme si elle acceptait une mission, l'infirmière aux cheveux grisonnants qui s'occupe du téléphone et des ordinateurs se lève. Elle lisse le pli de son pantalon blanc et se dirige vers la sortie. Ce n'est pas vraiment la personne idéale pour s'adresser à Adam. J'ai envie de leur dire d'envoyer plutôt l'infirmière Ramirez, celle qui a rassuré mes grands-parents (et m'a fichu la trouille). Elle saurait le calmer, elle. Celle-ci ne va faire qu'aggraver la situation. Je la suis lorsqu'elle franchit les doubles portes derrière lesquelles Adam et Kim se disputent avec l'aide-soignant. Celui-ci se tourne vers l'infirmière.

« Je leur ai dit qu'ils n'avaient pas le droit d'être ici », explique-t-il.

L'infirmière le congédie d'un signe de la main et s'adresse à Adam.

« Vous cherchez quelque chose, jeune homme ? » demande-t-elle d'un ton irrité et impatient.

Adam s'éclaircit la gorge dans un effort pour se calmer. « J'aimerais rendre visite à une patiente, dit-il.

— Je crains que ce ne soit pas possible.

— Mais ma copine, Mia, est…

— Elle est en bonnes mains », l'interrompt-elle. L'infirmière a l'air fatigué, trop fatigué pour se montrer compatissante et se laisser émouvoir par cet amour juvénile.

« J'en suis sûr, répond Adam, et je vous en suis reconnaissant. »

Il essaie de son mieux d'entrer dans son jeu et d'avoir l'air adulte. Mais je sens une fêlure dans sa voix quand il ajoute :

« Il faut vraiment que je la voie.

— Désolée, jeune homme. Les visites sont réservées à la famille proche. »

Il a un hoquet. *La famille proche.* L'infirmière n'a pas voulu se montrer cruelle. Elle manque simplement d'informations, mais Adam l'ignore. J'ai envie de le protéger et de la protéger, elle, de la colère d'Adam. D'instinct, je tends la main vers lui, même si je ne peux le toucher. Mais il me tourne le dos, maintenant. Ses épaules s'affaissent, ses jambes se dérobent sous lui.

Kim, qui attendait, appuyée au mur, est soudain à ses côtés et l'entoure de ses bras. Les yeux étincelants de colère, elle se tourne vers l'infirmière.

« Vous ne comprenez rien ! s'écrie-t-elle.

— Dois-je appeler la sécurité ? » demande l'infirmière.

Adam a un geste las. « Laisse tomber », murmure-t-il à Kim.

Elle obéit. Sans un mot, elle prend le bras d'Adam, le place sur son épaule et soutient son poids. Pendant quelques secondes, elle vacille, puis elle s'adapte à son fardeau. Elle assure, Kim.

Kim et moi, nous pensons que tout ou presque dans la vie peut être divisé en deux catégories.

Par exemple, il y a les gens qui aiment la musique classique et ceux qui aiment la pop music. Les gens qui aiment la ville et ceux qui préfèrent la campagne. Les buveurs de Coca-Cola et les buveurs de Pepsi. Les conformistes et les libres-penseurs. Les vierges et celles qui ne sont plus vierges.

Et les lycéennes qui ont un petit copain et celles qui n'en ont pas.

Avec Kim, nous avions toujours pensé appartenir à la seconde catégorie. « Ça ne veut pas dire qu'on restera vierges jusqu'à quarante ans, avait-elle dit. On fera simplement partie des filles qui ont un petit ami lorsqu'elles vont à la fac. »

Je trouvais cela raisonnable et même préférable. Ma mère était sortie avec des garçons au lycée et je l'entendais souvent dire qu'elle regrettait d'avoir perdu son temps. « Pour eux, une soirée romantique avec une fille consistait à picoler, puis en une séance de pelotage à l'arrière de la voiture. »

Mon père, lui, avait attendu d'être étudiant avant de sortir avec des filles. Au lycée, il était trop timide. Mais à l'université, il s'était mis à jouer de la batterie et avait fait partie d'un groupe punk-rock. Du coup, il avait eu des petites amies. Enfin, quelques-unes. Et puis il avait rencontré maman. Qu'il avait épousée.

Je pensais suivre le même chemin. Kim et moi avons donc été surprises lorsque je me suis retrouvée dans la première catégorie, celle des filles qui avaient un petit ami. Au début, j'ai tenté de le lui cacher. Après le concert de Yo-Yo Ma, je suis restée vague sur la soirée. Je ne lui ai pas dit qu'Adam m'avait embrassée. Cela ne valait pas la peine d'en parler, pensais-je. Un baiser n'engageait pas à grand-chose. Après tout, ce n'était pas le premier que je recevais et j'avais bien oublié les autres.

Sauf qu'avec Adam, c'était du sérieux. Je l'ai su à la chaleur qui m'a envahie ce soir-là quand il m'a de nouveau embrassée devant chez moi, après m'avoir raccompagnée. Au fait que je n'ai pas fermé l'œil de la nuit en serrant mon oreiller contre moi. Au sourire béat que j'ai affiché toute la journée du lendemain, sans pouvoir avaler quoi que ce soit.

Ce baiser m'avait fait franchir une porte et j'avais laissé Kim de l'autre côté.

Pourtant, une semaine et un certain nombre de baisers plus tard, je me suis dit que je devais en parler à mon amie. Après les cours, nous sommes allées prendre quelque chose de chaud. C'était en mai, mais il pleuvait des cordes, comme en novembre.

« C'est moi qui invite », ai-je dit.

Nous avons commandé un café noir pour moi, un café au lait aromatisé à la cannelle pour elle, et une part de tarte pour deux.

« J'ai quelque chose à te dire… » ai-je commencé en plantant nerveusement ma fourchette dans mon côté du gâteau.

« Du genre "je sors avec un garçon" ? »

Kim avait pris un ton amusé.

« Comment tu le sais ? »

Elle a levé les yeux au ciel.

« Voyons, tout le monde est au courant ! C'est le grand sujet de conversation. Le mariage du rock et de la musique classique.

— Qui parle de mariage ?

— C'est une métaphore. Tu veux que je te dise ? J'étais même au courant avant toi.

— N'importe quoi !

— Un type comme Adam allant à un concert de Yo-Yo Ma ! Il préparait le terrain, c'est clair.

— Ça ne s'est pas passé comme ça. »

Je savais pourtant qu'elle avait raison.

« Je me demande simplement pourquoi tu ne m'en as pas parlé plus tôt, Mia », dit-elle d'un ton calme.

J'étais sur le point de lui sortir mon excuse « un baiser n'est pas une relation régulière », mais je me suis ravisée. « J'avais peur que tu m'en veuilles, ai-je admis.

— Je t'en voudrai si tu recommences à me mentir.

— D'accord.

— Ou si tu deviens comme ces filles qui collent à leur copain et ne parlent plus qu'à la première personne du pluriel. *"Nous* adorons l'hiver." *"Nous* pensons que le Velvet Underground est un groupe phare."

— Tu sais bien que je ne te parlerai pas de rock, ni en disant "je", ni en disant "nous". Promis.

— Bon, a répondu Kim. Parce que si tu deviens comme ça, je te massacre.

— Si je deviens comme ça, je te fournirai le fusil. »

Cela l'a fait rire et la tension entre nous a disparu. « Comment est-ce que tes parents ont pris ça ? a-t-elle demandé en plantant sa fourchette dans un morceau de tarte.

— Papa est passé en une seule journée par toutes les étapes du deuil – déni, colère, acceptation et je ne sais quoi. Ce qui le fait flipper, à mon avis, c'est que ça ne le rajeunit pas d'avoir une fille en âge de sortir avec un garçon. »

J'ai bu une gorgée de café avant d'ajouter :

« Et il n'arrive pas à croire que je sorte avec un musicien.

— Mais tu es musicienne ! m'a rappelé Kim.

— Un musicien d'un groupe pop-punk, je veux dire.

— Shooting Star est emo-core, a corrigé Kim, qui, au contraire de moi, faisait la distinction entre les innombrables tendances de la musique pop : punk, indé, alternative, hard-core, emo-core…

— En fait, mon père s'agite, mais il apprécie Adam, j'en suis sûre. Ils se sont vus quand Adam est venu me chercher pour aller au concert. Maintenant, il veut que je l'invite à dîner. Mais ça ne fait qu'une semaine, je ne suis pas prête pour une présentation aux parents. »

Kim a fait mine de frissonner.

« Pour ma part, je ne le serai jamais ! Qu'en dit ta mère ?

— Elle a proposé de me conduire au planning familial pour qu'on me donne la pilule. Elle veut aussi que je demande à Adam de faire tout un tas d'examens médicaux. Et que j'achète des préservatifs en attendant. Elle m'a même donné de l'argent pour constituer mon stock.

— Tu l'as fait ?

— Non, c'est trop tôt. Sur ce plan, on est encore dans le même groupe, toi et moi.

— Pour le moment. »

Il y avait encore deux catégories dans lesquelles Kim et moi classions les gens : ceux qui essayaient d'être cool et ceux qui n'essayaient pas. Et là, il me semblait qu'Adam, Kim et moi appartenions à la même. Car Adam était cool, bien sûr, mais il ne faisait rien pour ça. C'était naturel chez lui. J'en ai donc déduit que nous allions nous entendre formidablement, nous trois. Qu'Adam allait aimer toutes les personnes que j'aimais.

C'est ce qui s'est passé dans ma famille. Il est pratiquement devenu un fils de la maison. Mais il n'a jamais accroché avec Kim. Il l'a traitée comme j'avais toujours pensé qu'il me traiterait, moi. Il se montrait poli, amical, mais distant. Il n'essayait pas de gagner sa confiance, ni d'entrer dans son monde. Je me disais qu'il ne la trouvait pas assez cool et ça me rendait furieuse.

On était ensemble depuis trois mois quand on s'est disputés à ce sujet.

« Ce n'est pas avec Kim que je sors, mais avec toi, m'a-t-il lancé quand je l'ai accusé de ne pas être assez gentil avec elle.

— Et alors ? Tu as plein d'amies. Tu peux bien l'ajouter à la liste. »

Il a haussé les épaules.

« Non, ça ne marche pas comme ça. Je n'y peux rien.

— C'est du snobisme ! »

J'étais soudain très en colère. Adam m'a dévisagée, les sourcils froncés, comme s'il s'efforçait de comprendre un problème de maths au tableau.

« Et en quoi est-ce du snobisme ? L'amitié ne se décide pas. On n'a pas grand-chose en commun, elle et moi, c'est tout.

— C'est ça qui fait que tu es snob ! Tu n'aimes que les gens qui te ressemblent. »

Là-dessus, j'ai pris mon vélo et j'ai filé en trombe. Je m'attendais à ce qu'il se lance à ma poursuite en me demandant pardon et, quand j'ai vu qu'il n'en était rien, ma colère a redoublé. Je suis allée voir Kim chez elle pour décompresser un peu. Elle a écouté ma diatribe d'un air blasé.

« C'est idiot de dire qu'il n'aime que les gens qui lui ressemblent, a-t-elle affirmé quand j'ai eu terminé. Regarde, tu ne lui ressembles pas, et pourtant tu lui plais.

— Le problème est là.

— Alors, ça ne concerne que toi. En plus, de mon côté, je n'accroche pas vraiment avec lui.

— Ah bon ?

— Le monde entier n'est pas à ses pieds, Mia.

— Je voudrais simplement que vous soyez amis.

— On n'a pas toujours ce qu'on veut.

— Mais tous les deux vous comptez énormément dans ma vie ! »

J'avais les larmes aux yeux. Kim m'a regardée et son expression s'est un peu adoucie. Elle a souri gentiment.

« On le sait. Mais lui et moi, nous appartenons à des parties différentes de ton existence. Comme c'est le cas pour la musique et moi. Tu n'as pas à choisir entre nous, du moins en ce qui me concerne.

— Je voudrais que ces parties de ma vie soient réunies. »

Kim a hoché négativement la tête.

« Ça ne fonctionne pas comme ça. J'accepte Adam parce que tu l'aimes. Et je suppose que la réciproque est vraie. Si ça peut te rassurer, dis-toi que ton affection nous unit. On n'a pas besoin de s'aimer, lui et moi.

— C'est pourtant ce que je voudrais !

— Mia, tu commences à te comporter comme ces filles dont on parlait. »

Le ton de Kim montrait que sa patience commençait à s'épuiser.

« Tu veux que j'aille chercher un fusil ? »

Dans la soirée, je suis passée chez Adam pour lui demander de m'excuser. Il n'a pas fait d'histoires et j'ai eu droit à un petit baiser sur le nez.

Ensuite, tout a continué comme avant. Kim et lui ont gardé des rapports cordiaux, mais distants, malgré mes efforts pour les rapprocher. Quant à moi, j'avais du mal à comprendre comment ils pouvaient être en quelque sorte réunis à travers moi, comme disait Kim. Jusqu'au moment où j'ai vu mon amie entraîner Adam effondré dans le couloir de l'hôpital en le portant presque.

20 h 12

Je regarde Adam et Kim s'éloigner dans le couloir. Je veux les suivre, mais je reste scotchée au linoléum. Lorsque enfin mes jambes fantômes se mettent en marche, ils ont déjà disparu dans l'ascenseur.

Je sais maintenant que je n'ai pas de pouvoirs surnaturels. Je ne peux traverser les murs ni plonger dans les cages d'escaliers. Je suis juste capable de faire ce que je fais dans la vie réelle, à cette différence près que personne ne me voit, apparemment, puisque nul ne réagit quand je passe une porte ou appuie sur le bouton de l'ascenseur. Je peux toucher des objets et même les manipuler, et pourtant je ne sens pas leur contact. C'est comme si j'étais dans une bulle de verre. C'est absurde, mais ce qui se passe aujourd'hui n'a guère de sens.

Je me dis qu'Adam et Kim sont allés rejoindre ma famille dans la salle d'attente. Pourtant, quand j'arrive là-bas, je ne trouve que des vêtements posés sur les chaises. Parmi eux, je reconnais la doudoune orange vif de ma cousine Heather, qui vit à la campagne. Comme elle aime se promener dans les bois, elle croit que les couleurs fluo lui éviteront d'être confondue avec un ours par un chasseur ivre.

Je regarde la pendule au mur. Ils sont peut-être en train de dîner. Je gagne la cafétéria, où l'odeur de friture et de légumes bouillis n'est pas plus appétissante qu'ailleurs. Elle est néanmoins bondée. Des médecins, des infirmières et des étudiants en médecine à l'air nerveux dans leur blouse blanche avalent des pizzas cartonneuses et de la purée à base de flocons.

Je finis par apercevoir mes proches, serrés autour d'une table. Mamie bavarde avec Heather. Mon grand-père se concentre sur son sandwich à la dinde. Dans l'angle, mes tantes Kate et Diane parlent à mi-voix. « De simples contusions. Il est déjà sorti de l'hôpital », dit Kate. Un instant, je crois qu'elle donne des nouvelles de Teddy et je manque pleurer de joie. Mais elle explique ensuite que son alcootest était négatif, que notre voiture a fait une embardée sur sa voie et que ce Mr Dunlap n'a pas eu le temps de freiner pour l'éviter. Je comprends alors qu'elle ne parle pas de mon petit frère, mais de l'autre conducteur.

« D'après la police, c'est la neige ou un cerf qui est la cause du dérapage, poursuit tante Kate. Et apparemment, il n'est pas rare qu'un accident ne fasse pas les mêmes dégâts des deux côtés. Qu'on s'en sorte bien dans un véhicule alors que les occupants de l'autre… » Sa voix s'éteint.

Même si Mr Dunlap n'est que très légèrement touché, je ne dirais pas qu'il s'en sort « bien ». J'imagine ce que ça a été pour cet homme, quand il a pris sa camionnette mardi matin, mettons, pour aller travailler, et qu'il lui est arrivé cet accident. Qu'il soit père de famille ou célibataire, heureux, ou malheureux, il n'est désormais plus le même. Sa vie a irrévocablement changé. Si ma tante dit vrai, s'il n'est pas responsable de l'accident, il est simplement ce que Kim appellerait un pauvre « schmuck », le type qui se trouve au mauvais endroit au mauvais moment. Et parce qu'il n'a pas de chance et qu'il roulait ce matin-là sur la route 27, il y a maintenant deux orphelins, dont l'un au moins dans un état grave.

Comment vivre avec ça ? Pendant quelques instants, je me prends à imaginer que je vais mieux et que je me rends chez cet homme pour lui ôter ce poids et lui dire que ce n'est pas de sa faute. Je pourrais même devenir son amie. Mais je sais que les choses ne se passeraient pas ainsi. Que ce serait triste et maladroit.

De plus, je ne sais toujours pas ce que je vais décider. Je n'ai aucune idée de ce qui peut m'aider à déterminer si je reste ou non. Tant que je ne l'ai pas fait, je dois m'en remettre au destin, ou aux médecins, ou à quiconque peut décider à la place de quelqu'un qui n'arrive même pas à choisir entre prendre l'escalier ou l'ascenseur.

J'ai *besoin* d'Adam. Je jette un dernier coup d'œil pour voir s'ils sont là, Kim et lui. Ne les voyant pas, je retourne vers les soins intensifs.

Je les retrouve en traumatologie, assez loin des soins intensifs. D'un air détaché, ils essaient d'ouvrir les portes de divers placards à fournitures. L'un d'eux n'est pas fermé. Ils se glissent à l'intérieur. À tâtons dans le noir, ils cherchent un interrupteur. Je ne peux le leur dire, mais il se trouve à l'extérieur.

« J'ai bien peur que ce genre de trucs ne marche qu'au cinéma, déclare Kim.

— Les films se fondent sur la réalité, répond Adam.

— Tu auras du mal à te faire passer pour un toubib.

— Alors aide-soignant. Ou concierge.

— Qu'est-ce qu'un concierge irait faire aux soins intensifs ? demande Kim, qui aime bien la précision.

— Remplacer une ampoule grillée ou je ne sais quoi. Tout est dans la manière.

— Je ne comprends toujours pas pourquoi tu ne t'adresses pas à la famille de Mia. Je suis sûre que ses grands-parents pourraient expliquer qui tu es et t'obtenir l'autorisation de la voir. »

Adam secoue la tête.

« Je vais te dire, quand l'infirmière a menacé d'appeler la sécurité, ma première pensée a été : je vais appeler les parents de Mia pour qu'ils règlent le problème. »

Il s'interrompt, prend une profonde inspiration et poursuit d'une voix rauque :

« Tout ça me trotte dans la tête, je n'arrive pas à y croire.

— Je sais », chuchote Kim.

Adam recommence à chercher l'interrupteur.

« Quant à ses grands-parents, je ne veux pas ajouter mon problème à leur malheur. Je dois me débrouiller par moi-même. »

Pour ma part, je suis sûre que mes grands-parents seraient heureux de venir en aide à Adam. Ils l'ont déjà rencontré plusieurs fois et ils l'apprécient beaucoup. À Noël, mamie lui fait toujours un gâteau rien que pour lui, juste parce qu'il lui a dit que c'était son préféré.

Mais je n'ignore pas qu'Adam aime les gestes spectaculaires. Comme économiser ses pourboires de livreur de pizzas pendant quinze jours pour m'offrir un concert de Yo-Yo Ma au lieu de m'inviter à boire un verre. Ou comme déposer des fleurs sur ma fenêtre pendant une semaine quand j'étais en quarantaine après avoir attrapé la varicelle.

Il se concentre maintenant sur ce qu'il a décidé. Quel qu'il soit, ce plan est le bienvenu, ne serait-ce que parce qu'il l'a tiré de son état de choc. J'ai déjà vu Adam se fixer un objectif, par exemple composer une chanson ou tenter de me persuader d'aller faire du camping avec lui, et rien ne pourrait l'en détourner, pas même une météorite s'écrasant sur la Terre.

Je ne sais ce qu'il a en tête précisément, mais ce doit être ce vieux subterfuge qu'on voit dans le film *Le Fugitif*, qui est passé il y a quelque temps à la télé. J'ai les mêmes doutes que Kim sur sa réussite.

« Tu ne crois pas que l'infirmière va te reconnaître ? demande Kim. Tu lui as crié dessus.

— Elle ne me reconnaîtra pas si elle ne me voit pas. Dis donc, je comprends maintenant pourquoi vous êtes aussi copines, Mia et toi. Vous faites une belle paire de pessimistes. »

En temps normal, c'est le genre de remarque que Kim n'apprécie pas. Pourtant, mon amie se contente de grimacer. « Peut-être que tu y arriverais mieux si on pouvait voir ce qu'on fait », dit-elle. Elle fouille dans son sac, en extirpe le téléphone mobile que sa mère lui a confié depuis qu'elle a dix ans et allume l'écran. Un petit carré de lumière atténue l'obscurité.

« Ah, voilà qui ressemble plus à la fille brillante dont Mia me rebat les oreilles ! » s'exclame Adam. Il fait de même avec son téléphone et la pièce s'éclaire faiblement.

Malheureusement, cela permet de voir que le placard contient des balais, un seau et des serpillières, mais pas la moindre tenue médicale qu'espérait emprunter Adam. Si je pouvais, je les préviendrais qu'il existe dans l'hôpital des vestiaires où les médecins et les infirmières se changent. Les seuls vêtements stockés ici sont ces espèces de chemises de nuit que l'on donne aux patients. Adam pourrait en mettre une et se balader dans les couloirs dans un fauteuil roulant, mais cela ne lui donnerait pas pour autant accès à l'unité de soins intensifs.

« Merde ! s'exclame-t-il.

— Allons voir ailleurs, propose Kim, prenant les choses en main. Il y a plusieurs étages. On va bien tomber sur un autre placard qui ne soit pas fermé. »

Adam se laisse glisser au sol.

« Non. Tu as raison, c'est idiot. Il faut trouver une meilleure idée.

— Tu pourrais faire semblant d'avoir une overdose de drogue ou je ne sais quoi. Comme ça, tu te retrouverais en soins intensifs.

— Pas forcément, répond Adam. Je pensais plutôt à faire diversion. Genre déclencher le système d'alarme, de façon à ce que les infirmières sortent toutes en courant.

— Tu crois vraiment que les extincteurs et l'affolement général seraient bons pour Mia ?

— Non, probablement pas. Il faut inventer quelque chose qui fera qu'ils regarderont tous ailleurs un instant. Le temps que je me faufile dans le service.

— Ils te retrouveront aussitôt et te jetteront dehors, dit Kim.

— Je m'en fiche. J'ai juste besoin d'une seconde.

— Et qu'est-ce que tu feras en une seconde ? »

Le regard d'Adam, habituellement gris-vert-brun, s'est assombri.

« Je lui montrerai que je suis là. Que quelqu'un est encore là. »

Kim se tait et tous deux restent assis en silence. Cela me fait penser à ces moments où Adam et moi, nous pouvons être très proches tout en étant chacun plongé dans ses pensées. Je me rends alors compte qu'ils sont devenus amis. Pour de vrai. Quoi qu'il arrive, au moins je serai arrivée à ça.

Quelques instants plus tard, Adam se frappe le front. « Bien sûr ! s'exclame-t-il. C'est le moment d'utiliser le Bat-signal.

— Le projecteur de Batman ?

— Façon de parler. Viens, je vais te montrer. »

Au moment où j'ai commencé le violoncelle, papa jouait encore de la batterie dans son groupe, quoique la naissance de Teddy, deux ans plus tard, y ait peu à peu mis un bémol. Dès le début, la différence entre ma musique et la sienne a été évidente. Pour moi, c'était une activité solitaire. Papa, lui, disait toujours que la véritable création d'une chanson avait lieu sur scène, même s'il pouvait taper seul sur sa batterie pendant des heures ou composer des chansons dans la cuisine en grattant sa vieille guitare acoustique.

Moi, pour jouer, j'étais la plupart du temps toute seule dans ma chambre. Les leçons mises à part, quand je faisais mes exercices avec des étudiants, je jouais généralement en solo. Et lorsque je donnais un concert ou un récital, c'était seule en scène avec mon violoncelle et le public. Il y avait toujours un mur entre mon public et moi, au contraire des concerts de mon père, au cours desquels les fans enthousiastes montaient sur la scène et plongeaient dans la foule. Au bout d'un moment, j'ai commencé à souffrir de la solitude et même d'un certain ennui.

Au deuxième trimestre de ma dernière année au collège, j'ai donc décidé d'arrêter. J'avais l'intention de le faire graduellement, en cessant de donner des récitals et en réduisant mes exercices, que je pratiquais de manière obsessionnelle. Je pensais qu'ainsi, je pourrais repartir à zéro au lycée, à la rentrée, sans être cataloguée comme la « violoncelliste ». Peut-être choisirais-je un autre instrument, la guitare, la basse, voire la batterie. Et comme mes parents étaient très occupés, maman par Teddy et papa par son nouveau job d'enseignant, je pensais qu'avec cette méthode, ils ne s'apercevraient de rien jusqu'à ce que j'aie complètement abandonné le violoncelle. En fait, j'étais aussi incapable d'arrêter brusquement que de cesser de respirer.

J'aurais laissé tomber pour de bon s'il n'y avait eu Kim. Un après-midi, après les cours, je lui ai proposé de m'accompagner en ville.

« Tu ne dois pas t'exercer ? » a-t-elle demandé en refermant son casier.

J'ai fait mine de chercher mon livre de SVT.

« Ça peut attendre un autre jour.

— Qu'est-ce qui se passe, Mia ? D'abord, tu arrêtes les récitals. Et maintenant, les exercices !

— Je ne sais pas, ai-je répondu en tambourinant nerveusement sur mon casier. J'ai envie d'essayer un nouvel instrument. Par exemple la batterie. Celle de mon père est en train de prendre la poussière au sous-sol. »

Kim a émis un gloussement.

« Toi, de la batterie ! Riche idée.

— Je parle sérieusement », ai-je dit.

Elle m'a regardée, les yeux ronds.

« Tu ne peux pas abandonner le violoncelle.

— Et pourquoi donc ?

— C'est comme une partie de toi-même. Je n'arrive pas à t'imaginer sans ce gros truc entre les genoux.

— Tu dis n'importe quoi. Je ne peux même pas faire partie de la fanfare de l'école. Qui joue du violoncelle, à part quelques vieux ? Pour une fille, ça fait ringard. Et puis, je veux avoir plus de temps libre. Faire des choses marrantes.

— Par exemple ? a demandé Kim.

— Eh bien, lécher les vitrines, me promener avec toi…

— Arrête. Tu as horreur de faire les magasins. Et on se promène déjà pas mal ensemble. Mais d'accord, laisse tomber tes exercices pour aujourd'hui. Je vais te montrer quelque chose. »

Elle m'a emmenée chez elle, a sorti un CD de Nirvana, *MTV Unplugged*, et m'a passé *Something in the Way*.

« Écoute ça, a-t-elle dit. Deux guitaristes, un batteur et une *violoncelliste*. Elle s'appelle Lori Goldston et je parie que lorsqu'elle était plus jeune, elle s'exerçait deux heures par jour comme une fille que je connais, parce que c'est nécessaire si l'on veut jouer avec le Philharmonic ou avec Nirvana. Et ça m'étonnerait que quelqu'un ose la traiter de "ringarde" ».

J'ai emporté le CD à la maison et je l'ai écouté en boucle toute la semaine suivante, en réfléchissant aux propos de Kim. Plusieurs fois, j'ai sorti mon violoncelle de son étui et j'ai accompagné Nirvana. C'était un genre de musique étrangement stimulant, différent de celui dont j'avais l'habitude. Un défi pour moi. J'avais l'intention de jouer *Something in the Way* pour Kim quand elle viendrait dîner à la maison la semaine suivante.

Mais avant que j'aie pu le faire, Kim a profité de ce dîner pour déclarer à mes parents qu'ils devraient m'envoyer en camp d'été.

« Alors comme ça, tu essaies de me convertir pour que je puisse t'accompagner dans ton camp Torah ? ai-je demandé.

— Pas du tout. Il s'agit d'un camp musical. »

Elle a posé sur la table une brochure sur le Franklin Valley Conservatory, un camp de vacances en Colombie-Britannique, au nord-ouest du Canada.

« C'est pour les musiciens *sérieux*, a-t-elle précisé. Il faut faire acte de candidature en envoyant un enregistrement de son travail. J'ai appelé. La date limite de dépôt de dossier est le 1er mai. Donc, on a le temps. »

Elle s'est tournée vers moi, comme pour me mettre au défi de lui en vouloir de s'être mêlée de ce qui ne la regardait pas.

Je n'étais pas furieuse, bien au contraire. Mon cœur battait à cent à l'heure. J'étais pleine de gratitude envers cette amie qui semblait souvent me connaître mieux que moi-même. Papa m'a demandé si ça m'intéresserait et j'ai répondu que cela coûterait sans doute trop cher, mais il a écarté cette objection d'un revers de main. Voulais-je y aller ? Oui, cent fois oui.

Trois mois plus tard, quand mon père m'a déposée sur un site isolé de l'île de Vancouver, j'étais moins sûre de moi. L'endroit ressemblait à un camp de vacances typique, avec ses cabanes de rondins dans les bois et ses canoës sur la plage. Il y avait là une cinquantaine d'enfants qui, à en juger par leurs bruyantes embrassades, se connaissaient depuis des années. Pour ma part, je ne connaissais personne. Pendant plusieurs heures, nul ne m'a adressé la parole, sauf l'adjoint du directeur, qui m'a montré ma cabane et mon lit. Il m'a aussi indiqué le chemin de la cafétéria, où l'on m'a servi au dîner quelque chose qui ressemblait de très loin à un pain de viande.

J'ai considéré mon assiette d'un air désolé. Au-dehors, le ciel était gris. Mes parents, Kim et Teddy me manquaient. Mon petit frère était à l'âge où les enfants veulent tout essayer, ne cessent de poser des questions et disent des choses souvent très drôles. La veille de mon départ, il m'avait annoncé qu'il « avait soif à quatre-vingt-dix pour cent », ce qui m'avait fait hurler de rire. Avec un soupir, j'ai repoussé la nourriture sur le bord de l'assiette.

« Ne t'inquiète pas, il ne pleut pas tous les jours, seulement un jour sur deux. »

J'ai levé les yeux. La voix espiègle appartenait à un gamin blond, avec une coupe à la tondeuse et des taches de rousseur sur le nez, qui ne semblait pas avoir plus de dix ans.

« Je sais, je vis dans le Nord-Ouest, ai-je répondu. Encore qu'il faisait soleil chez moi, ce matin. Non, mon problème, c'est le pain de viande. »

Il s'est mis à rire.

« Pour ça, il n'y a pas d'espoir. Mais il paraît que le beurre de cacahuètes n'est pas mauvais. »

Il a agité le bras en direction d'un petit groupe d'ados qui se faisaient des tartines à une table.

« Peter. Trombone. Ontario », a-t-il ajouté. J'apprendrai plus tard que c'était la façon classique de se présenter au camp Franklin.

« Oh ! moi, c'est Mia. Violoncelle. Oregon. »

Peter m'a raconté qu'il avait treize ans et que c'était son deuxième été au camp. La plupart des jeunes s'inscrivaient la première fois à douze ans. C'est pour ça qu'ils se connaissaient tous. Sur les cinquante résidents, la moitié étudiait le jazz, l'autre moitié la musique classique. Nous étions donc peu nombreux. À part moi, il n'y avait que deux violoncellistes, dont un grand rouquin dégingandé, auquel Peter a fait signe de nous rejoindre.

« Tu vas concourir pour le concerto ? » m'a demandé le rouquin quand Peter me l'a présenté. Lui était « Simon. Violoncelle. Leicester. » Un Anglais, un Canadien, une Américaine : notre petit groupe était international.

« Je ne sais pas, ai-je répondu. J'ignore de quoi il s'agit. »

Peter est intervenu.

« Tu sais quand même que nous jouons tous dans un orchestre pour la symphonie finale ? »

J'ai fait « oui » de la tête, mais à vrai dire, je n'en avais qu'une vague idée. Même si papa avait passé les semaines précédentes à lire à voix haute les brochures du camp, une seule chose m'intéressait : j'allais passer l'été avec d'autres jeunes musiciens classiques. Je n'avais pas prêté attention aux détails.

« C'est la symphonie de la fin de l'été, un gros truc, m'a expliqué Simon. Des gens viennent de partout pour y assister. Nous, les jeunes musiciens, on est une sorte d'attraction supplémentaire. N'empêche que l'un d'entre nous est sélectionné pour jouer dans l'orchestre professionnel et faire un solo. »

Il a poussé un soupir. « J'ai failli réussir l'an dernier, mais c'est un flûtiste qui a été choisi. Cette fois, c'est mon avant-dernière chance avant la fac. Ça fait un bout de temps que les cordes n'ont pas gagné et Tracy, l'autre violoncelliste, ne se présente pas. Le violoncelle est plutôt un hobby pour elle. Elle joue bien, mais elle ne travaille pas assez sérieusement. Il paraît que toi, tu es du genre sérieux. »

Était-ce vrai ? J'avais pourtant failli abandonner.

« Qui t'a dit ça ? ai-je demandé.

— Tout se sait. Les profs écoutent les enregistrements envoyés par les candidats et le tien est très bon, paraît-il. En plus, c'est rare que quelqu'un soit admis en deuxième année. J'espère donc une compétition d'enfer. Histoire d'améliorer mon jeu. »

Peter a gloussé.

« Hé, laisse-lui sa chance. Elle vient de goûter au pain de viande.

— OK. Mais si elle veut qu'on discute les yeux dans les yeux du choix des morceaux pour l'audition, on peut en parler, elle et moi. »

Sur ces mots, Simon nous a plantés là et a disparu en direction des desserts glacés.

« T'en fais pas, m'a dit Peter. Il y a au moins deux ans qu'on n'a pas eu de violoncelliste de haut niveau et du coup il est excité par la chair fraîche. Au figuré, parce qu'il est pédé. Encore qu'avec un Anglais, on ne sait jamais…

— Je vois. Mais qu'est-ce qu'il raconte ? Il veut que j'entre en compétition avec lui ? »

Peter m'a dévisagée, l'air interloqué.

« Bien sûr. C'est ce qui fait le charme du séjour, avec la cuisine trois étoiles. On est là pour ça. Pas toi ?

— C'est que… je n'ai pas joué avec beaucoup de gens, du moins pas de ce niveau.

— Ah bon ? Toi qui viens de l'Oregon, tu n'as jamais travaillé avec le Portland Cello Project ?

— Le quoi ?

— L'ensemble de violoncelles d'avant-garde, voyons. Ce qu'ils font est très intéressant.

— Je n'habite pas Portland, ai-je marmonné, honteuse de n'avoir même jamais entendu parler de cet ensemble.

— Alors, tu joues avec qui ?

— Avec des étudiants de la fac, en général.

— Pas avec un orchestre de musique de chambre ? Un quatuor à cordes ? »

J'ai fait signe que non. Une fois, une étudiante qui me donnait des cours m'avait conviée à jouer dans un quatuor. J'avais refusé, car jouer avec des étrangers n'avait rien à voir avec nos tête-à-tête musicaux. Maintenant, je commençais à me demander si je n'étais pas moi-même quelqu'un de solitaire.

« Excuse-moi si je pose une question idiote, a déclaré Peter, mais comment tu fais pour progresser ? C'est pareil qu'au tennis. Si ton partenaire est nul, tu finis par manquer les balles et avoir un service catastrophique. Mais si c'est un champion, tu vas monter au filet et jouer des volées.

— Je n'en sais rien. » Je me sentais la personne la plus ennuyeuse du monde. « Je ne joue pas non plus au tennis. »

Les jours suivants ont passé dans un tourbillon. C'était à se demander pourquoi ils avaient sorti les canoës, étant donné qu'on n'avait pas de temps pour les loisirs. On était occupés du matin au soir. Lever à six heures et demie, petit déjeuner à sept, exercices personnels pendant trois heures le matin et trois heures l'après-midi, et répétition d'orchestre avant le dîner.

Au début, j'étais perdue, n'ayant jamais joué en groupe. Après nous avoir placés, non sans difficulté, le directeur musical du camp, qui était aussi le chef d'orchestre, s'est attaché à nous faire travailler quelques mouvements de base en suivant à peu près correctement la mesure. Le troisième jour, il a attaqué des berceuses de Brahms. Au début, le résultat n'a pas été concluant. Au lieu de se mêler harmonieusement, les instruments se télescopaient. « Lamentable ! s'est-il écrié. Comment pouvez-vous espérer faire un jour partie d'un orchestre professionnel si vous n'êtes pas fichus de jouer en mesure ? Allez, on reprend ! »

Au bout d'une semaine, nous étions à peu près ensemble et, pour la première fois, j'ai su ce que c'était que d'être un rouage d'une machine. Cela m'a permis d'entendre le violoncelle de manière tout à fait nouvelle : ses sonorités graves dialoguant avec les notes aiguës de l'alto et soutenant les bois, situés de l'autre côté de la fosse d'orchestre. On pourrait penser qu'il est moins angoissant de faire partie d'un groupe et d'être en quelque sorte noyé dans la masse. Mais c'est exactement le contraire.

J'étais assise derrière une altiste de dix-sept ans prénommée Elizabeth, l'une des musiciennes les plus accomplies du camp. Non seulement elle avait été reçue au conservatoire de Toronto, mais elle ressemblait à un mannequin, avec sa haute taille, son port altier, sa peau couleur café et ses pommettes saillantes. Bref, j'aurais eu toutes les raisons de la détester s'il n'y avait eu son jeu. Même entre les mains de musiciens expérimentés, l'alto peut émettre des grincements affreux. Mais les sons qu'Elizabeth tirait de son instrument étaient purs, précis et aériens. En l'entendant et en la voyant jouer, perdue dans la musique, j'avais envie de l'égaler. Et même de la dépasser. Je voulais la battre, bien sûr, mais je me disais aussi que si je parvenais à son niveau, je le devrais à cette jeune fille et au groupe autant qu'à moi-même.

« C'est magnifique », m'a dit Simon vers la fin du séjour. J'étais en train de jouer un mouvement du *Concerto pour violoncelle* n° 2 de Haydn, un morceau que je répétais depuis le printemps et qui me donnait beaucoup de mal.

« Tu vas le présenter au concours ? »

J'ai fait un signe de tête affirmatif, et je n'ai pu réprimer un sourire. Chaque soir, avant l'extinction des feux, nous emportions tous les deux nos violoncelles à l'extérieur et improvisions des concerts dans le crépuscule. Nous nous lancions des défis mutuels, chacun essayant d'aller plus loin que l'autre, de voir lequel pouvait jouer mieux et plus vite, sans partition. Cette compétition permanente était quelque chose d'incroyablement amusant et c'est sans doute en partie grâce à elle que je sentais si bien le concerto de Haydn.

« Ah, ah, je vois que mademoiselle n'a pas froid aux yeux ! s'est exclamé Simon. Tu crois pouvoir me battre ?

— Effectivement. Au foot », ai-je plaisanté.

Simon disait souvent qu'il était le mouton noir de sa famille, non pas parce qu'il était homo, ou musicien, mais parce qu'il était « tellement nul au foot ».

Il a porté la main à sa poitrine comme si je lui avais tiré une balle en plein cœur, puis il a éclaté de rire. « Mais c'est que tu fais des choses surprenantes quand tu ne te caches pas derrière ce monstre ! » a-t-il lancé. Puis il a ajouté, l'œil malicieux : « Avant de crier victoire, écoute le morceau de Mozart que je vais jouer. On dirait le chœur des anges. En mieux. »

Cette année-là, ce n'est ni lui ni moi qui avons remporté le concours, mais Elizabeth. Et cela m'a pris quatre ans de plus, mais j'ai quand même fini par le décrocher, ce solo.

21 h 06

« J'ai exactement vingt minutes avant que notre manager pète les plombs. »

La voix rauque de Brooke Vega résonne dans le hall de l'hôpital, calme à cette heure. C'est donc elle, l'idée batmanienne d'Adam : Brooke Vega, la chanteuse du groupe Bikini, la diva du rock indé. Avec sa tenue glam punk – mini-jupe boule, bas résille, bottes en cuir noir, T-shirt « Shooting Star » artistiquement déchiré, étole rétro en fourrure et grosses lunettes noires – elle détonne autant dans ce cadre austère qu'une autruche dans une basse-cour. Plusieurs personnes l'accompagnent : Liz et Sarah, Mike et Fitzy, respectivement guitariste rythmique et bassiste de Shooting Star, plus une brochette de jeunes branchés de Portland que je reconnais vaguement. Ses cheveux rouges la font ressembler à un soleil autour duquel tournent les planètes de ses admirateurs. Adam, qui se frotte le menton, un peu à l'écart, évoque plutôt la lune. Kim, elle, est bouche bée, comme si une horde de Martiens venait d'envahir le bâtiment. À moins que ce ne soit parce qu'elle idolâtre Brooke Vega. Ce que fait aussi Adam, d'ailleurs. Moi mise à part, c'est un des rares points communs de mon amie avec Adam.

« Il n'y en a pas pour plus d'un quart d'heure », promet Adam.

Brooke se dirige vers lui à grandes enjambées. « Adam, mon cœur, tu tiens le coup ? » roucoule-t-elle en l'étreignant comme s'ils se connaissaient depuis toujours. Pourtant, je sais pertinemment qu'ils se sont rencontrés aujourd'hui pour la première fois. Hier encore, Adam me disait que cette perspective le rendait nerveux. Et maintenant, voilà qu'elle se comporte comme s'il était son meilleur ami. C'est le milieu du rock qui veut ça, sans doute. Je vois tous les autres regarder la scène d'un œil envieux. Si ça se trouve, ils souhaiteraient presque avoir un proche hospitalisé dans un état grave pour pouvoir être consolés dans les bras de leur idole.

Je ne peux m'empêcher de me demander si en temps normal je ne serais pas jalouse, moi aussi. D'un autre côté, en temps normal, Brooke Vega ne serait pas ici, dans le cadre d'une stratégie élaborée par Adam pour réussir à se rendre à mon chevet.

« Bon, les enfants, faut se bouger, déclare-t-elle. C'est quoi, ton plan, Adam ?

— En fait, mon plan, c'est toi, Brooke. Je me suis dit que tu pourrais monter aux soins intensifs et faire un souk.

« — Le souk, ça me connaît. Tu voudrais quoi ? Qu'on hurle ? Qu'on se mette à poil ? Qu'on casse une guitare ? Attends, merde, je n'ai pas pris la mienne. »

Quelqu'un suggère :

« Tu pourrais chanter quelque chose ?

— Pourquoi pas *Girlfriend in a Coma*, de The Smiths ? » lance une voix.

Ce rappel brutal à la réalité fait pâlir Adam, tandis que Brooke, agacée, rejette cette malencontreuse idée d'un froncement de sourcils.

Kim s'éclaircit la gorge.

« Écoutez, on n'a aucun intérêt à se faire remarquer ici, dans le hall. Il faut monter aux soins intensifs et crier que Brooke Vega est là. Ça devrait suffire. Sinon, elle peut chanter. Tout ce qu'on veut, c'est jouer sur la curiosité et faire sortir une ou deux infirmières de l'unité. L'infirmière en chef va leur courir après et quand cette vieille ronchon nous verra tous dans le couloir, elle sera trop occupée à gérer la situation pour s'apercevoir qu'Adam s'est glissé à l'intérieur. »

Brooke détaille Kim des pieds à la tête. Kim, avec son pull informe et son pantalon noir froissé. Puis la diva du rock sourit et prend ma meilleure amie par le bras.

« Ça tient la route. On fonce, les enfants. »

Je reste en arrière pendant qu'ils traversent le hall avec leurs lourdes bottes et leurs voix tonitruantes qui apportent une animation soudaine au hall endormi. Cela me rappelle une émission de télé sur une maison de retraite où l'on avait introduit des chats et des chiens pour distraire les vieillards. Peut-être faudrait-il faire venir de temps en temps des rockers dans les hôpitaux pour revigorer les patients.

Tout le monde s'arrête devant les ascenseurs. Pendant qu'ils attendent une cabine, je prends les escaliers, consciente qu'il vaudrait mieux que je sois présente auprès de mon corps lorsque Adam arrivera. Vais-je sentir le contact de sa main s'il la pose sur moi ?

Cela fait plus de deux heures que j'ai quitté les soins intensifs et la situation a considérablement changé. Un nouveau patient occupe un lit auparavant vide, un homme d'âge mûr dont le visage ressemble à un tableau surréaliste : la moitié est normale, et même séduisante, tandis que l'autre est une masse sanguinolente couverte de gaze et de points de suture, comme si elle avait été emportée par un coup de feu. Sans doute un accident de chasse. Il y en a beaucoup par ici. L'un des autres patients, dont le corps et le visage étaient enveloppés de tant de pansements que je ne pouvais savoir s'il s'agissait d'un homme ou d'une femme, a maintenant disparu. À sa place se trouve une femme dont la nuque est immobilisée dans une minerve.

Quant à moi, je ne suis plus reliée au ventilateur. L'assistante sociale a dit à ma tante Diane et à mes grands-parents que c'était une étape positive. J'essaie de savoir si je me sens différente, mais je ne ressens rien du tout, du moins sur le plan physique : c'est comme ça depuis ce matin, quand j'écoutais la *Sonate pour violoncelle* n° 3 de Beethoven. Maintenant que je respire sans assistance, mon mur de machines bipe moins et les infirmières viennent moins souvent me voir. L'infirmière Ramirez, celle qui a des ongles époustouflants, jette un coup d'œil sur moi de temps en temps, mais elle s'occupe surtout de l'homme au visage à moitié arraché.

« Mince, c'est pas Brooke Vega ? »

Quelqu'un vient de poser la question à l'extérieur des portes automatiques des soins intensifs, sur un ton qui se veut étonné, mais sonne faux. D'habitude, les copains d'Adam utilisent des formules moins correctes, du genre « putain de bordel de merde ! ». Je suppose que c'est leur version aseptisée, spécial hôpitaux.

« Brooke Vega, du groupe Bikini ? Celle qui a fait la couverture de *Spin* le mois dernier ? Ici, dans cet hôpital ? » Cette fois, c'est la voix de Kim. On dirait une enfant de six ans qui récite un texte.

« Ouais, c'est moi, répond la voix rauque de Brooke. Je suis venue apporter le réconfort du rock à tous les gens de Portland. »

Deux jeunes infirmières, qui doivent écouter des stations de radio pop ou regarder MTV, haussent un sourcil interrogateur. Je les entends chuchoter sur un ton excité, curieuses de savoir si la chanteuse de Bikini est bien là, ou tout simplement ravies de cet intermède dans leur routine.

« J'ai pensé que je pouvais chanter l'une de mes chansons préférées, *Eraser*, poursuit Brooke. L'un de vous peut me donner le rythme ?

— Il me faut quelque chose pour marquer la mesure, dit Liz. Des crayons, par exemple. »

Maintenant, les infirmières et les aides-soignants de l'unité de soins intensifs s'apprêtent à sortir. J'observe la scène comme un film sur un écran. Debout près de mon lit, j'attends nerveusement l'ouverture des doubles portes. Je pense à Adam, au contact apaisant de ses mains sur ma peau quand il me caresse négligemment la nuque, un geste qui me fait fondre, tout comme lorsqu'il souffle sur mes doigts pour les réchauffer.

« Qu'est-ce qui se passe ? » demande sèchement l'infirmière en chef. Toutes les infirmières se tournent vers elle. Visiblement, personne ne va se risquer à parler de la présence d'une pop star à l'extérieur de l'unité. La déception m'envahit.

Brooke Vega se met à chanter *Eraser*. Même a capella, même derrière les portes, sa voix est remarquable.

« Allez chercher la sécurité ! aboie l'infirmière en chef.

— Fonce, Adam, lance Liz. C'est maintenant ou jamais.

— Vas-y, on te couvre », s'écrie à son tour Kim, tel un général d'armée.

Les portes s'ouvrent, livrant passage à Adam et à ses amis. Kim ferme la marche, tandis que Brooke continue à chanter, comme si c'était le concert qu'elle était venue donner à Portland.

Adam et Kim ont tous deux l'air déterminé et même presque heureux. Je suis émerveillée par les ressources dont ils font preuve. J'ai envie de sauter sur place pour les encourager, comme je le fais pour Teddy quand il marque trois points au T-ball, ce jeu qui initie les enfants au base-ball. C'est difficile à croire, mais, en les voyant en action, je serais presque heureuse, moi aussi.

« Où est-elle ? s'écrie Adam. Où est Mia ?

— Dans l'angle, près du placard à fournitures ! » répond quelqu'un.

Il me faut quelques instants avant de comprendre que c'est l'infirmière Ramirez.

« Vigiles, arrêtez-le ! » hurle l'infirmière en chef. Elle a repéré Adam parmi les intrus et son visage est rouge de colère. Deux vigiles et deux aides-soignants se précipitent dans l'unité. « Hé, mec, c'était pas Brooke

Vega ? » demande l'un d'eux tout en s'emparant de Fitzy et en l'entraînant sans ménagement vers la sortie.

« On dirait bien », répond un autre en faisant la même chose avec Sarah.

Kim m'a repérée. « Adam, elle est ici ! » s'exclame-t-elle. Puis elle se tourne vers moi et sa voix s'éteint. « Elle est ici », répète-t-elle dans un murmure, cette fois.

Adam l'a entendue. Il évite les infirmières et s'avance dans ma direction. Et soudain il est au pied de mon lit, la main tendue. Il va me toucher. Je pense à notre premier baiser après le concert de Yo-Yo Ma. Jusqu'à ce moment-là, je n'avais pas senti à quel point je désirais le contact de ses lèvres sur les miennes. C'est pareil maintenant. Je me rends compte que je mourais d'envie de sentir ses mains sur moi.

Mais cela n'arrivera pas. Brutalement, deux vigiles l'ont pris par les épaules et le repoussent loin de mon lit. L'un d'eux attrape au passage Kim par le coude et l'entraîne à l'extérieur de l'unité. Elle se laisse expulser sans offrir de résistance.

Brooke continue à chanter dans le couloir. En voyant Adam, elle s'arrête.

« Désolée, chou, dit-elle. Faut que je m'arrache avant de manquer mon concert. Ou de me retrouver entre deux flics. »

Sur ces mots, elle s'élance dans le couloir, suivie par deux aides-soignantes qui lui réclament un autographe.

« Appelez la police, il faut arrêter ce garçon ! s'écrie la vieille infirmière.

— On l'emmène au poste de sécurité, répond un vigile. C'est la procédure.

— C'est pas à nous de faire les arrestations, ajoute l'autre.

— Bon, alors, dégagez-le de mon service », concède la chef. Puis, se retournant vers Miss Ramirez, elle ajoute : « Il aurait mieux valu ne pas encourager ces voyous.

— Oh non ! répond la jeune infirmière. J'étais dans la réserve. J'ai manqué ce qui s'est passé. »

Elle ment parfaitement, sans rien laisser transparaître.

Sa supérieure claque dans ses mains.

« Allez, le spectacle est terminé. Tout le monde à son poste. »

Je me précipite derrière Adam et Kim que les vigiles emmènent vers les ascenseurs. Quand les portes s'ouvrent, j'entre à leur suite. Kim a l'air assommé, Adam serre les dents. Je ne sais s'il est au bord des larmes ou prêt à donner un coup de poing au vigile. J'espère pour lui que la première hypothèse est juste ; pour moi, il vaudrait mieux que ce soit la seconde.

Au rez-de-chaussée, les vigiles les poussent vers un couloir ouvert sur des bureaux plongés dans le noir. Ils s'apprêtent à pénétrer dans l'une des rares pièces éclairées lorsqu'une voix féminine s'élève.

« Adam, c'est toi ?

— Willow ? s'écrie Adam.

— Willow ? » répète Kim.

L'amie de mes parents se précipite vers les vigiles et les rattrape.

« Excusez-moi, où les emmenez-vous ?

— Ils essayaient de s'introduire en soins intensifs, explique l'un des deux.

— C'est parce qu'ils ne voulaient pas nous laisser entrer », murmure Kim.

Willow est encore en tenue d'infirmière, ce qui est bizarre, parce qu'elle se hâte d'ôter ce qu'elle appelle sa « haute couture orthopédique » dès qu'elle n'est plus à son travail. Ses longs cheveux auburn, habituellement brillants et bouclés, sont ternes et plats, comme si elle ne les avait pas lavés depuis plusieurs semaines. Ses joues ne sont plus roses, mais pâles. « Écoutez, je suis infirmière à Cedar Creek. J'ai suivi ma formation ici et, si vous voulez, on peut régler ça avec Richard Caruthers.

— C'est qui ? interroge l'un des deux vigiles.

— Le directeur des relations extérieures », explique l'autre, avant de se tourner vers Willow et d'ajouter : « Mais il n'est plus à son bureau. Il est trop tard.

— Je peux l'appeler chez lui, j'ai son numéro personnel, répond Willow en brandissant son téléphone mobile comme une arme. Il n'appréciera sans doute pas de savoir comment on traite ici un jeune homme qui essaie de voir son amie grièvement blessée. Les valeurs qui sont mises en avant dans cet hôpital sont la compassion et l'efficacité, souvenez-vous. On ne peut pas dire qu'elles soient respectées dans ce cas, n'est-ce pas ?

— On fait juste notre boulot, madame. On obéit aux ordres.

— Laissez-moi m'en occuper. Ces jeunes gens sont attendus par la famille de la patiente, qui est réunie à l'étage. Si vous avez des problèmes, dites à M. Caruthers de m'appeler. »

Elle sort une carte de visite de son sac et la tend à l'un des vigiles. Celui-ci s'en saisit, y jette un coup d'œil, puis la fait lire à son collègue, qui hausse les épaules.

« Si on peut s'éviter la paperasse, c'est pas plus mal », dit-il. Il lâche Adam et lui donne une tape dans le dos. « Désolé, petit », marmonne-t-il.

« J'espère que ta copine va aller mieux », ajoute l'autre.

Tandis que les vigiles s'éloignent en direction d'un distributeur automatique, Kim se jette au cou de Willow, qu'elle connaît pourtant à peine, et lui chuchote à l'oreille : « Merci ! »

Willow l'étreint à son tour et lui tapote l'épaule avant de la lâcher.

« À quoi pensiez-vous donc, vous deux ? demande-t-elle.

— Je veux voir Mia », dit Adam.

Willow se tourne vers lui et pousse un long soupir. On dirait un ballon qui se dégonfle. Elle caresse la joue d'Adam et s'essuie les yeux d'un revers de main.

« C'est normal, dit-elle.

— Vous n'êtes pas bien ? » interroge Kim.

Willow ignore la question.

« Bon, on va essayer de t'emmener auprès d'elle, Adam », dit-elle.

Une lueur s'allume dans les yeux d'Adam.

« Vous croyez que c'est possible ? La vieille infirmière ne m'a pas à la bonne.

— Si c'est celle à laquelle je pense, elle n'a rien à dire. Ce n'est pas elle qui décide. On va d'abord retrouver les grands-parents de Mia. Ensuite, je me renseignerai pour savoir qui peut autoriser une infraction au règlement. Mia a besoin de toi. Maintenant plus que jamais. »

Adam se tourne vers Willow et la serre dans ses bras avec une telle vigueur qu'elle manque décoller du sol.

Ainsi, Willow est venue à la rescousse. Exactement comme elle l'a fait autrefois pour Henry, le meilleur ami de mon père. À l'époque, Henry, qui jouait dans le même orchestre que papa, buvait et courait les filles. Après être sortie avec lui pendant quelques semaines, Willow lui a demandé de changer de vie, sinon elle le laissait tomber. D'après papa, ce n'était pas la première à lancer ce genre d'ultimatum, mais les autres avaient échoué. Elles s'étaient fait larguer en beauté et n'avaient eu que leurs yeux pour pleurer. En revanche, le jour où Willow a claqué la porte, c'est lui qui a pleuré. Il a alors cessé de boire, d'être infidèle et de se comporter comme un gamin. Et huit ans plus tard, ils sont là tous les deux avec un bébé. Pour ça, Willow est redoutable. Une féministe à la tête dure et au cœur tendre, comme maman, dont elle est devenue par la suite la meilleure amie. Papa lui aussi l'adore, même si elle déteste Les Ramones et trouve le base-ball ennuyeux à mourir.

Et maintenant Willow est ici. J'ai envie de le crier. Willow l'infirmière. Willow qui n'est pas du genre à se décourager. Elle va permettre à Adam de me voir. Elle va s'occuper de tout.

Je suis si contente que sur le moment je ne prends pas conscience des implications de sa présence. Mais, lorsque je comprends, c'est comme si j'avais heurté une ligne à haute tension.

Si Willow est ici, dans *mon* hôpital, c'est qu'elle n'a pas de raisons d'être dans le sien. Je la connais suffisamment pour savoir qu'elle ne l'aurait jamais laissé, *lui*, qu'elle serait restée à son chevet, même me sachant ici. Il était son patient, sa priorité.

Je me dis que papy et mamie sont à Portland, auprès de moi. Et que tout le monde dans la salle d'attente évite de mentionner papa et maman. Et Teddy. Que le visage de Willow est comme un masque tragique. Qu'elle a dit à Adam que j'avais besoin de lui. Plus que jamais.

C'est comme ça que je sais. Teddy. Il nous a quittés, lui aussi.

Maman a ressenti les premières contractions trois jours avant Noël, mais elle a tenu à ce que nous allions faire nos achats ensemble.

« Tu ne veux pas plutôt t'allonger, ou aller à la maison de naissance ? » ai-je demandé.

Elle a grimacé de douleur.

« Non, les contractions ne sont pas si terribles et elles sont encore espacées de vingt minutes. Quand je t'attendais, toi, j'ai fait le ménage à fond pendant le début du travail.

— Un double travail, quoi, ai-je plaisanté.

— Quel humour, ma fille, j'ai des leçons à prendre ! » Maman a inspiré profondément.

« Bon. Allons au centre commercial en bus. Je ne me sens pas capable de conduire.

— On pourrait peut-être appeler papa ? »

Cette perspective l'a fait rire.

« Surtout pas ! Je préfère que tu viennes, toi. Je dois déjà mettre au monde un bébé, je n'ai pas envie d'avoir mon mari dans les pattes ! On l'appellera le moment venu. »

Nous avons donc fait nos courses dans le centre commercial. Toutes les deux minutes, elle s'asseyait et prenait de profondes inspirations en me serrant le poignet si fort que j'en avais des marques rouges. Nous avons acheté des cadeaux pour papy et mamie (un livre sur Abraham Lincoln pour lui et un pull brodé d'un ange pour elle), des jouets pour le bébé et des bottes en caoutchouc pour moi. Habituellement, nous attendions les soldes, mais maman avait décrété que nous serions trop occupées à changer les couches cette année.

« Ce n'est pas le moment d'être radin, merde ! Euh, excuse-moi, Mia. Allez, viens, on va s'offrir un gâteau. »

Nous sommes allées à la pâtisserie déguster deux tartes. Puis maman a repoussé son assiette et décidé qu'elle était prête à aller voir la sage-femme.

Nous n'avions jamais discuté auparavant pour savoir si je devais l'accompagner ou non, car, jusque-là, j'avais suivi mes parents à peu près partout. Nous avons retrouvé mon père, visiblement angoissé, à la maison de naissance, un endroit qui n'avait rien à voir avec la maternité d'une clinique ou d'un hôpital. C'était un rez-de-chaussée avec des lits et des Jacuzzi. Le matériel médical était discrètement rangé à l'écart. La sage-femme hippie a fait entrer ma mère et papa a demandé si je voulais venir moi aussi. J'entendais maintenant maman qui lâchait des jurons.

« Je peux appeler ta grand-mère et lui demander qu'elle vienne te chercher, m'a dit mon père en fronçant les sourcils. Ça peut durer un certain temps. »

J'ai fait « non » de la tête. Maman avait besoin de moi, elle l'avait dit. Je me suis assise sur l'un des canapés recouvert d'un tissu à fleurs et je me suis plongée dans la lecture d'un magazine avec un bébé chauve et joufflu sur la couverture. Papa a disparu dans la pièce voisine.

« De la musique, bon Dieu ! De la musique ! a hurlé maman.

— Je peux vous passer Enya, a répondu la sage-femme. C'est planant.

— Allez vous faire voir avec votre Enya ! Mettez-moi Les Melvins ou Earth ! »

Papa est intervenu.

« J'ai ce qu'il faut. »

Il a sorti un CD et la musique la plus forte que j'aie jamais entendue a retenti. Ça déménageait à fond, avec des guitares hurlantes qui faisaient ressembler les chansons punk qu'il écoutait habituellement à des airs de harpe. Cette musique primaire a semblé apaiser maman, qui a commencé à émettre des sons gutturaux. J'attendais tranquillement. De temps à autre, maman criait mon nom et je filais la voir. Elle levait vers moi son visage baigné de sueur. « N'aie pas peur, chuchotait-elle. Les femmes sont capables de supporter les pires douleurs. Un jour, tu verras, toi aussi. » Puis elle se remettait à jurer de plus belle.

Une ou deux fois, j'avais regardé un accouchement à la télé. Généralement, les femmes poussaient des cris, mais cela ne durait pas plus d'une demi-heure. Pourtant, au bout de trois heures, maman et Les Melvins hurlaient toujours de concert. Une atmosphère tropicale régnait à l'intérieur de la maison de naissance, malgré le froid extérieur.

Henry est passé. Quand il a entendu le vacarme, il est resté cloué sur place. Je savais que la paternité n'allait pas de soi pour lui, car j'avais surpris une conversation entre mes parents à ce sujet. Quand j'étais née, il avait été stupéfait que ses amis se lancent dans l'aventure, et leur décision d'avoir un second enfant l'avait encore plus abasourdi. Eux, pour leur part, avaient été soulagés lorsque Willow et lui s'étaient mis en couple. « Enfin une personne adulte dans la vie d'Henry », avait dit maman.

Le visage blême, le front trempé de sueur, Henry m'a regardée. « La vache, Mia, tu es vraiment obligée d'entendre ça ? Et moi aussi ? »

J'ai répondu par un haussement d'épaules et il s'est assis à côté de moi. « J'ai la crève, mais ton père vient de m'appeler pour que j'apporte quelque chose à manger. Tiens. » Il m'a tendu un sac en papier d'où émanait une odeur d'oignons frits. Maman a poussé un nouveau gémissement. « Je ferais mieux de filer, a dit Henry. Je risque d'être contagieux. » Un cri strident a retenti, et cette fois, il a fait un bond sur le canapé. « Tu es sûre que tu veux rester ? Tu peux venir à la maison. Willow est là. » Il a souri en prononçant ce prénom.

« Elle s'occupe bien de moi et elle fera pareil avec toi.

— Non, ça ira. Maman a besoin de moi. Papa a tendance à disjoncter.

— Il a gerbé ? »

J'ai ri, mais quand j'ai vu son expression, j'ai compris qu'il était sérieux.

« Parce qu'il a vomi quand tu es venue au monde, figure-toi, a-t-il continué. Failli tomber dans les pommes. Je n'ai rien à dire, mais il était dans un tel état que les toubibs voulaient le jeter dehors. C'est d'ailleurs ce qu'ils avaient décidé de faire si tu ne pointais pas le bout de ton nez dans la demi-heure. Ça a tellement énervé ta mère qu'elle t'a expulsée cinq minutes plus tard. »

Il s'est adossé au canapé en riant.

« N'empêche, Mia, qu'il a pleuré comme un foutu môme quand tu es née.

— Cette partie-là, je l'ai déjà entendue.

— Quelle partie ? » a demandé papa en entrant dans la pièce.

Il a pris le sac en papier des mains d'Henry.

« Tex Mex ? Bon, ça fera l'affaire. Je meurs de faim. Faut que je garde mes forces. C'est intense, là-dedans. »

Henry m'a adressé un clin d'œil, pendant que papa prenait un burrito et me le tendait. J'ai refusé d'un signe de tête. Papa allait attaquer son dîner lorsqu'on a entendu maman gémir et crier à la sage-femme qu'elle était prête à pousser.

La sage-femme a passé la tête par la porte. « Je crois que nous approchons du but, a-t-elle dit. Il vaudrait mieux que vous reveniez. »

Henry a gagné la sortie comme une fusée, tandis que je suivais papa dans la chambre où maman était maintenant en position assise et haletait comme un chien. « Vous voulez regarder ? a demandé la sage-femme à mon père, qui, en guise de réponse, est devenu vert et a vacillé.

— Je suis plus utile ici », a-t-il dit en allant prendre la main de maman.

Personne ne m'a demandé si je voulais voir. Je suis donc allée me placer à côté de la sage-femme. Bon, c'était assez rude, je dois le reconnaître. Beaucoup de sang. Et une vision frontale de ma mère pour le moins inhabituelle. Mais bizarrement, je me sentais à ma place. La sage-femme disait à maman de pousser, de bloquer, puis de pousser de nouveau. « Viens, petit bébé, viens ! scandait-elle. Tu y es presque ! » Maman semblait avoir envie de lui envoyer une claque.

Quand Teddy est sorti, tête la première, il était face au plafond, ce qui fait que la première chose qu'il a vue, c'est moi. Il n'a pas pleuré comme les bébés qu'on voit naître à la télé. Il était calme, les yeux ouverts, et il me regardait. Il a soutenu mon regard jusqu'à ce que la sage-femme débarrasse son nez des mucosités. « C'est un garçon ! » s'est-elle écriée.

Elle a ensuite posé Teddy sur le ventre de ma mère, avant de demander à papa s'il voulait couper le cordon. Papa a fait signe que non, trop ému ou trop nauséeux pour parler.

« Je vais le faire », ai-je proposé.

La sage-femme a tenu le cordon et m'a montré comment pratiquer. Teddy continuait à me regarder de ses yeux gris.

Maman disait toujours que c'est pour cette raison que d'une certaine manière il me considérait comme sa mère. « C'est un peu le phénomène de l'empreinte. Tu sais, ces jeunes oies cendrées qui se sont attachées non pas à leur mère, mais au zoologue, parce qu'il est le premier qu'elles ont vu en sortant de l'œuf. »

Elle exagérait. Teddy ne me prenait pas vraiment pour sa mère. Néanmoins, il y avait certaines choses que j'étais la seule à pouvoir faire pour lui. Dans les premiers temps, lorsqu'il s'agitait la nuit, il ne se calmait que si je lui jouais une berceuse au violoncelle. Quand il a commencé à s'intéresser à *Harry Potter*, moi seule avais le droit de lui lire un chapitre le soir au coucher. Et s'il s'écorchait un genou ou se cognait la tête, il cessait de pleurer lorsque je déposais un baiser magique sur le bobo.

Aujourd'hui, je le crains, aucun baiser magique au monde n'aurait pu quelque chose pour lui. Pourtant, je sacrifierais n'importe quoi pour avoir été en mesure de lui en donner un.

22 h 40

Je fuis.

Je laisse là Adam, Kim et Willow et je m'aventure dans l'hôpital. C'est seulement au moment où je parviens au service de pédiatrie que je prends conscience de ce que je cherchais. Je déambule dans les couloirs, passant devant des chambres où des bambins de quatre ans sont plongés dans un sommeil agité en attendant d'être opérés des amygdales, puis devant les soins intensifs de la néonatalogie qui abritent des nouveau-nés pas plus gros que mon poing, et enfin devant le service d'oncologie où de petits cancéreux chauves dorment dans un gai décor de ballons et d'arcs-en-ciel. Je cherche Teddy, même si je sais que je ne vais pas le trouver. Je ne peux pas m'en empêcher.

Je le revois avec ses boucles blondes. J'ai toujours aimé enfouir mon visage dans ses cheveux. J'attendais le jour où il m'enverrait balader avec un « tu m'embêtes ! », la formule qu'il utilisait quand papa réagissait trop bruyamment devant un match de base-ball à la télé. Mais il ne l'a encore jamais fait. Et maintenant, il ne le fera jamais.

Je m'imagine en train de le câliner ainsi une dernière fois, tandis que mes larmes mouillent ses jolies boucles et les changent en petites mèches raides.

Teddy ne passera jamais du T-ball au base-ball. Il n'aura jamais de barbe sur les joues. Jamais il ne se bagarrera, ne donnera un premier baiser, ne couchera

126

avec une fille, ne tombera amoureux. Jamais il ne se mariera ni n'aura des enfants à la tête bouclée. Je suis son aînée de dix ans seulement, mais j'ai l'impression d'avoir vécu beaucoup plus que lui. Ce n'est pas juste. Si l'un de nous avait dû survivre, c'est lui.

Je parcours l'hôpital comme une bête traquée en l'appelant : « Teddy ! Où es-tu ? Reviens ! »

Mais je sais que cela ne sert à rien. Il ne reviendra pas. J'abandonne. Je retourne vers les soins intensifs avec l'envie de fracasser les doubles portes, de tout casser dans le poste des infirmières. J'ai envie que tout cela ne soit plus là. Que moi non plus je ne sois plus là, dans cet hôpital, dans cet état intermédiaire où je vois ce qui se passe et où je suis consciente de ce que je ressens sans le ressentir vraiment. Je ne peux hurler jusqu'à avoir la gorge en feu, ni frapper du poing contre la vitre jusqu'à ce que je saigne, ni m'arracher les cheveux par poignées jusqu'à ce que la douleur de mon crâne prenne le pas sur celle de mon cœur.

Maintenant, je contemple la Mia « vivante » étendue sur son lit d'hôpital et je suis prise d'un accès de colère. Si je le pouvais, je giflerais mon visage immobile.

Au lieu de quoi, je m'assieds sur la chaise et je ferme les yeux pour essayer de m'abstraire de l'environnement. Mais c'est impossible. Un bruit soudain m'empêche de me concentrer. Mes moniteurs se sont mis à biper et deux infirmières se précipitent vers moi.

« Oxymètre de pouls et pression artérielle en chute ! s'écrie l'une.

— Elle est tachycardique, dit l'autre. Que se passe-t-il ?

— Code bleu en traumato, code bleu en traumato », annonce le haut-parleur.

Bientôt, un médecin aux yeux cernés et encore gonflés de sommeil rejoint les infirmières. Il rabat les draps et relève ma chemise. Je suis nue à partir de la taille, mais ici personne n'y prête attention. Le docteur pose ses mains sur mon ventre, qui est dur et gonflé. Il écarquille les yeux, puis les plisse. « L'abdomen est rigide, dit-il d'un ton furieux. Échographie. »

L'infirmière Ramirez se précipite vers une réserve et revient en poussant sur un chariot un objet qui ressemble à un ordinateur portable muni d'un long fil blanc. Elle enduit mon ventre d'un gel et le médecin promène la sonde sur ma peau.

« Mince, c'est plein de liquide, dit-il. La patiente a été opérée cet après-midi ?

— Splénectomie, répond l'infirmière Ramirez.

— Ça peut venir d'un vaisseau sanguin qui n'a pas été cautérisé. Ou de la perforation d'un viscère. Accident de voiture, hein ?

— Oui. Elle est arrivée ce matin par hélico. »

Le médecin feuillette mon dossier.

« C'est le Dr Sorensen qui a fait l'intervention. Il est encore là. Prévenez-le et emmenez-la en salle d'op. Il faut ouvrir et trouver l'origine et la cause de l'épanchement avant que son état ne s'aggrave encore. Contusions cérébrales, poumon perforé, c'est la totale. »

L'infirmière Ramirez lui jette un regard noir, comme s'il m'avait insultée.

« Miss Ramirez, vous avez d'autres patients en charge, lui lance l'infirmière en chef. Il faut vite intuber cette jeune personne et la transférer en salle d'opération. Ça lui sera plus utile que toute cette agitation. »

Les infirmières s'affairent à détacher les appareils et les cathéters. Elles introduisent un autre tube dans ma gorge, puis deux aides-soignants arrivent avec un brancard et m'installent dessus. Je suis toujours nue à partir de la taille, mais l'infirmière Ramirez s'écrie : « Attendez ! » et vient délicatement rabattre ma chemise sur mes cuisses.

Elle tapote mon front à trois reprises avec ses doigts, comme si elle m'envoyait un message en morse, puis le brancard file dans le labyrinthe de couloirs qui mène à la salle d'opération. Mais, cette fois, je n'accompagne pas la Mia qui va subir une nouvelle intervention. Je préfère rester dans l'unité de soins intensifs.

Maintenant, je commence à comprendre. Enfin, pas complètement. Ce n'est pas comme si j'avais décidé, d'une manière ou d'une autre, qu'un vaisseau sanguin allait éclater et se répandre dans mon estomac. Ce n'est pas comme si j'avais souhaité une autre opération. Mais Teddy n'est plus là. Papa et maman ne sont plus là. Je suis montée ce matin en voiture avec ma famille et me voilà plus seule que jamais. J'ai dix-sept ans. Ce n'est pas ainsi que cela devrait être. Ce n'est pas cette tournure que ma vie devrait prendre.

Installée dans un coin tranquille, je me mets à réfléchir aux choses douloureuses que j'ai préféré ignorer jusqu'à maintenant. Que se passera-t-il si je reste ? À quoi cela va-t-il ressembler de me réveiller orpheline ? De ne plus sentir la fumée de la pipe de papa ? De ne plus bavarder tranquillement avec maman en l'aidant à faire la vaisselle ? De ne plus jamais lire un chapitre d'*Harry Potter* à Teddy ? Que sera ma vie si je reste, mais sans eux ?

Je ne suis pas certaine que cet univers-là soit encore le mien. Je ne suis pas certaine de vouloir me réveiller.

Je n'ai assisté qu'une fois à un enterrement, et c'était celui de quelqu'un que je connaissais à peine.

J'aurais dû aller aux obsèques de ma grand-tante Glo, morte d'une pancréatite aiguë. Sauf qu'elle avait été très précise dans ses dernières volontés. Pas de messe, pas d'inhumation dans le caveau de famille, mais une crémation et une dispersion de ses cendres lors d'une cérémonie sacrée indienne quelque part dans la Sierra Nevada. Cela avait beaucoup contrarié ma grand-mère que Glo agaçait déjà de son vivant avec sa façon de marquer sa différence. Mamie avait finalement décidé de boycotter la dispersion des cendres, et nous avions fait de même.

Peter Hellman, mon ami tromboniste que j'ai connu au camp du conservatoire de musique, est mort il y a deux ans, mais je ne l'ai su qu'en découvrant son absence aux vacances suivantes. Nous étions très peu à savoir qu'il avait eu un lymphome. C'était le côté bizarre du camp. On devenait amis pendant l'été et pourtant, par une sorte d'accord tacite, on se perdait de vue le reste de l'année. Il y a eu un concert à la mémoire de Peter au camp, mais ce n'était pas un enterrement.

Kerry Gilford, lui, était un musicien de l'entourage de mes parents. Au contraire d'Henry et de mon père, qui, en fondant une famille, avaient plus ou moins cessé de jouer, Kerry ne s'était pas marié et il était resté fidèle à son premier amour, la musique. Il faisait partie de trois orchestres et il gagnait sa vie en s'occupant de la sono dans un club de la ville, ce qui lui convenait car l'un de ses groupes y était toujours programmé et il pouvait laisser les manettes à quelqu'un pour sauter sur la scène et inversement. Quand j'étais petite, j'allais l'applaudir avec mes parents. J'ai en quelque sorte refait sa connaissance au moment où je suis sortie avec Adam et où je suis de nouveau allée à des concerts.

Un soir où il réglait la sono pour un groupe de Portland, Clod, il s'est effondré sur sa table de résonance. Quand l'ambulance est arrivée, il était déjà mort. Rupture d'anévrisme. Terrifiant.

La mort de Kerry a été un choc pour notre petite ville. Tout le monde connaissait ce garçon ouvert, à la forte personnalité, un Blanc qui portait des dreadlocks. Et il était jeune : trente-deux ans à peine. Ses obsèques avaient lieu dans sa ville natale perdue dans les montagnes, à deux heures de route. Mes parents, Adam et leurs amis tenaient à y assister, bien sûr. C'est pourquoi j'ai décidé de les accompagner, même si je me sentais un peu déplacée. Teddy est resté auprès des grands-parents.

Nous avons fait le voyage entassés dans une voiture avec Henry et Willow, qui était tellement enceinte qu'elle n'a pu boucler sa ceinture. Chacun a raconté une histoire amusante sur Kerry. Kerry, l'homme de gauche qui avait décidé de manifester contre la guerre en Irak en se présentant au centre de recrutement de l'armée avec quelques copains déguisés en femmes comme lui. Kerry, l'athée qui détestait le côté commercial de Noël et organisait chaque année une Joyeuse Anti-Fête de Noël au club, où des orchestres concouraient pour l'interprétation la plus déformée des chants traditionnels, après quoi il récupérait les cadeaux dont les gens ne voulaient pas pour les donner à des œuvres.

Le trajet s'est donc passé dans une ambiance de gaieté, pas d'enterrement, mais c'était en hommage à Kerry, qui débordait d'énergie.

La cérémonie, au contraire, a été affreusement déprimante, et pas seulement parce qu'on disait adieu à une personne disparue prématurément. Cela se passait dans une grande église, ce qui, compte tenu de l'athéisme professé par Kerry, semblait paradoxal, mais pouvait se comprendre car il faut bien que les obsèques aient lieu quelque part. Le vrai problème, c'était le service. Le prêtre n'avait visiblement jamais rencontré Kerry. Il tenait un discours passe-partout, disant que le défunt était un homme bien et qu'il allait laisser un grand vide, mais que le royaume des Cieux lui appartenait.

Et l'éloge funèbre de Kerry n'a été prononcé ni par ses compagnons musiciens ni par les gens de la ville qu'il fréquentait depuis quinze ans, mais par un oncle. Celui-ci a raconté qu'il lui avait appris à faire du vélo à l'âge de six ans, comme si c'était un moment essentiel de l'existence de Kerry, avant de conclure en déclarant que le disparu était maintenant auprès du Seigneur. Ma mère est devenue rouge de colère en entendant ces mots et j'ai craint un instant de la voir se lever et prendre la parole. Elle n'avait rien contre la religion, puisque nous allions parfois à l'église, mais ce n'était pas le cas de Kerry et maman était très protectrice envers les gens qu'elle aimait, au point de se sentir concernée si on leur faisait injure. Ses amis l'appelaient parfois « maman ourse ». Quand l'office s'est terminé sur une interprétation vigoureuse de la chanson de Bette Midler *Wind Beneath My Wings*, elle était près d'exploser.

« Si Kerry n'était pas mort, cet enterrement l'aurait fait disjoncter, a dit Henry au restaurant où nous avions décidé de manger un morceau, boudant la collation offerte par la famille.

« *Wind Beneath My Wings* ? a murmuré Adam tout en soufflant distraitement sur mes doigts perpétuellement glacés pour les réchauffer, comme il le faisait toujours. Pourquoi pas *Amazing Grace* ? C'est tout aussi traditionnel…

— Mais ça ne donne pas envie de vomir, a coupé Henry. *Three Little Birds*, par Bob Marley, aurait encore mieux convenu. Un hommage à l'homme qu'était Kerry.

— Cette cérémonie n'était pas un hommage à Kerry, mais un rejet de sa vie, a dit ma mère en tirant nerveusement sur son foulard. C'est comme s'il était mort une seconde fois.

— Voyons, ce n'était qu'une chanson. »

Papa a posé une main apaisante sur le poing serré de maman, qui l'a retiré brutalement.

« C'est ce qu'elle représente qui me met en colère. Ce que tout cela signifie. Tu devrais pourtant bien le comprendre, toi ! »

Papa a eu un sourire triste, accompagné d'un haussement d'épaules.

« Oui, mais je ne peux en vouloir à ses parents. Cette cérémonie était sans doute pour eux une façon de se rapprocher de leur fils.

— Dans ce cas, a dit maman, pourquoi n'ont-ils pas respecté la vie que Kerry avait choisi de mener ? Pourquoi ne sont-ils jamais venus le voir ? Pourquoi ne supportaient-ils pas sa musique ?

— On ne sait pas ce qu'ils pensaient vraiment. Ne portons pas de jugement hâtif. C'est un déchirement d'enterrer son enfant.

— Ma parole, tu les défends !

— Pas du tout, mais je crois que tu attribues trop de signification au simple choix d'une chanson.

— Et moi, je crois que tu confonds être en empathie et dire oui à tout ! »

Papa a tiqué. Il n'a rien dit, mais il a froncé légèrement les sourcils. Adam a serré mes doigts, tandis qu'Henry et Willow échangeaient un regard. Henry a volé à la rescousse de son ami.

« C'est différent en ce qui concerne tes rapports avec tes parents, a-t-il dit à mon père. Ils sont vieux jeu, d'accord, mais ils t'ont toujours suivi et, même dans ta folle jeunesse, tu as toujours été bon fils et bon mari. Toujours à la maison pour le dîner du dimanche. »

Maman a pouffé, comme si la déclaration d'Henry avait conforté sa position. Nous nous sommes tous tournés vers elle et, en voyant notre expression choquée, elle a paru se calmer. « Je crois que je me suis laissé emporter », a-t-elle dit. Papa a compris qu'il n'obtiendrait pas d'excuses plus précises pour le moment. Il a de nouveau posé sa main sur la sienne et, cette fois, elle ne l'a pas retirée.

Après un moment d'hésitation, il a déclaré :

« En fait, les obsèques, c'est comme la mort. On peut avoir des souhaits, des plans, mais en fin de compte, ça nous échappe.

— Sauf si tu confies tes souhaits aux bonnes personnes », a dit Henry, avant de se tourner vers Willow et son ventre arrondi. « Voici mes instructions pour mon enterrement. Surtout, que personne ne soit en noir. Quant à la musique, je veux du bon vieux pop-punk, genre Mr T Experience. Pigé, Willow ?

— Mr T Experience, c'est noté.

— Et toi, chérie, quelles sont tes volontés ? »

Willow n'a pas hésité.

« Je voudrais qu'on joue *P. S. You Rock My World*, par Eels, et qu'on m'enterre dans un cimetière vert, directement sous un arbre. Pas de fleurs. Vous pouvez m'offrir des roses autant que vous voulez de mon vivant, mais, à ma mort, je préfère qu'on fasse un don à une ONG comme Médecins sans frontières.

— Vous avez prévu tous les détails, a constaté Adam. C'est propre aux infirmières ? »

Willow a eu un geste évasif.

« D'après mon amie Kim, ai-je dit, c'est signe de profondeur d'âme. Pour elle, le monde est divisé entre les personnes qui envisagent leurs obsèques et les autres. Les artistes et les gens brillants appartiennent à la première catégorie.

— Et toi ? a demandé Adam.

— Moi, je veux le *Requiem* de Mozart. » Me tournant vers mes parents, j'ai ajouté : « Rassurez-vous, je n'ai pas envie de me suicider !

— Il ne manquerait plus que ça ! » s'est exclamée maman en remuant sa cuillère dans son café. Visiblement, son humeur s'améliorait. « Quand j'étais gamine, je pensais beaucoup à mon enterrement. J'imaginais mon père anéanti et les amis qui avaient été injustes avec moi en train de pleurer sur mon cercueil, rouge, bien sûr, pendant qu'on passerait James Taylor.

— Laisse-moi deviner, a dit Willow. *Fire and Rain ?* »

Maman a hoché affirmativement la tête et elle et Willow se sont mises à rire. Nous les avons imitées et, bientôt, tout le monde s'est mis à rire et à pleurer en même temps, même moi, qui ne connaissais pourtant pas très bien Kerry.

« Et actuellement, vous penchez toujours pour James Taylor ? » a demandé Adam à ma mère un peu plus tard.

Elle a cligné des yeux, comme elle le fait toujours lorsqu'elle réfléchit. Puis elle a caressé la joue de papa, ce qui lui arrive rarement en public.

« Dans mon scénario idéal, mon cher mari et moi, nous mourons ensemble de notre belle mort, à quatre-vingt-dix ans. Par exemple, en attrapant une maladie exotique lors d'un safari en Afrique – parce que bien sûr, plus tard, nous serons riches. Nous nous couchons en pleine forme et, le lendemain matin, nous ne nous réveillons pas. Quant à James Taylor, c'est non. Je voudrais que Mia joue lors de notre enterrement. À condition, bien sûr, qu'elle veuille bien s'arracher au New York Philharmonic Orchestra. »

Papa se trompait. C'est vrai qu'on n'arrive pas à contrôler le déroulement de ses obsèques, mais parfois on peut arriver à choisir sa mort. Et je ne peux m'empêcher de penser que sous cet angle-là le souhait de maman s'est réalisé. Elle est partie en même temps que papa. Mais je ne jouerai pas à leur enterrement. Il n'est pas impossible que leurs obsèques soient aussi les miennes et cette idée a quelque chose de réconfortant. Quitter ce monde tous ensemble, en ne laissant personne derrière. Cela dit, je crois que maman n'aimerait pas ça du tout. Maman ourse serait furieuse de voir la façon dont les choses tournent aujourd'hui.

Je reviens au point de départ, aux soins intensifs. Je suis restée assise là tout le temps, trop lasse pour bouger. J'aimerais pouvoir dormir. J'aimerais qu'il existe une anesthésie pour *moi*, ou du moins quelque chose qui me coupe du monde. Je voudrais être comme mon corps, immobile et inerte, dépendant des autres. Je n'ai pas l'énergie nécessaire pour prendre ma décision. J'en ai assez. Je le dis à haute voix. *J'en ai assez*. Puis je regarde autour de moi, me sentant un peu ridicule. Les autres malheureux hospitalisés ici aimeraient certainement être ailleurs, eux aussi.

Mon corps n'est pas resté trop longtemps absent de l'unité de soins intensifs. Quelques heures en salle d'opération. Quelque temps en salle de réveil. J'ignore ce qu'on m'a fait exactement et, pour la première fois de la journée, je m'en moque un peu. Je ne devrais pas avoir à m'en préoccuper, d'ailleurs. Je me rends compte maintenant que c'est facile de mourir. C'est vivre qui est difficile.

On m'a remise sous assistance respiratoire et j'ai encore du sparadrap sur les yeux. À quoi sert-il, ce sparadrap ? Les chirurgiens ont-ils eu peur que je me réveille au beau milieu de l'opération et que je sois horrifiée par la vue des scalpels ou du sang ? Comme si cela risquait de me perturber, désormais ! Deux infirmières, Miss Ramirez et celle qui s'occupe de moi, s'approchent de mon lit et vérifient les moniteurs. Elles énumèrent un certain nombre de chiffres, ceux de ma pression artérielle, de l'oxymètre de pouls, de ma fréquence respiratoire. Ils me sont devenus aussi familiers que mon prénom. Depuis hier après-midi, Miss Ramirez a changé d'apparence. Son maquillage s'est effacé, ses cheveux sont plats et elle a l'air de dormir debout. Elle doit être à la fin de son service. Elle va me manquer, mais je suis contente qu'elle puisse s'échapper de cet endroit. J'aimerais en faire autant. Je crois que j'y parviendrai. C'est une simple question de temps. De réflexion.

Je suis de retour dans mon lit depuis un quart d'heure à peine quand Willow entre d'un pas vif et va s'adresser à l'infirmière derrière le bureau. Je ne peux entendre ce qu'elle dit, mais elle parle à voix basse, d'un ton à la fois ferme et poli qui ne laisse la place à aucune question. Lorsqu'elle ressort de l'unité, quelques minutes plus tard, il y a du changement dans l'air. On sent que c'est Willow qui décide, désormais. Au début, l'infirmière ronchon prend un air outré, du genre : « Qui c'est celle-là, pour me donner des ordres ? » Puis elle lève les mains, résignée. La nuit n'a pas été de tout repos et elle a presque fini son service. Pourquoi se tracasser ? Bientôt, mes bruyants visiteurs et moi serons le problème de quelqu'un d'autre.

Cinq minutes plus tard, Willow revient, accompagnée cette fois de mes grands-parents. Elle a travaillé toute la journée et elle passe sa nuit ici. Je n'ignore pas qu'en temps normal, déjà, elle ne dort pas assez. J'entendais souvent maman lui donner des conseils pour que le bébé fasse sa nuit.

Je ne sais qui, de papy ou de moi, a la mine la plus épouvantable. Mon grand-père a les joues creuses, la peau grisâtre et parcheminée, les yeux injectés de sang. Mamie, elle, a la même allure que d'habitude.

Elle ne semble pas éprouvée. C'est comme si la fatigue n'osait pas s'attaquer à elle. Elle se précipite vers mon lit.

« Tu peux dire que tu nous en as fait voir, aujourd'hui ! me dit-elle sur un ton léger. Quand ta mère s'étonnait que tu sois une enfant aussi facile, je lui disais : "Attends qu'elle atteigne la puberté !" Mais tu m'as donné tort. Tu as toujours été un amour. Jamais posé un problème. Jamais causé la moindre inquiétude. Aujourd'hui, quand même, tu t'es rattrapée !

— Allons, allons, dit papy en lui touchant l'épaule.

— Je plaisante, tu vois bien. Mia apprécierait. Elle a le sens de l'humour, derrière son air sérieux. Un sacré sens de l'humour, ma petite-fille. »

Mamie rapproche la chaise du lit et glisse ses doigts dans mes cheveux. Quelqu'un les a rincés et, même s'ils ne sont pas exactement propres, du moins ne sont-ils pas collés par le sang. Elle commence par démêler ma frange, qui m'arrive maintenant au menton, car je passe mon temps à la couper, puis à la laisser pousser. C'est la seule retouche que je m'autorise. Puis elle va chercher les mèches qui ont glissé sous l'oreiller et les étale sur ma poitrine, ce qui dissimule certains des fils et des tuyaux auxquels je suis reliée. « Voilà, c'est mieux comme ça », constate-t-elle. Puis elle reprend : « Figure-toi qu'aujourd'hui je suis sortie me promener et tu ne devineras jamais ce que j'ai vu. Un bec-croisé. À Portland, en février ! C'est tout à fait inhabituel. Je suis sûre que c'est Glo. Elle a toujours eu un faible pour toi. Elle trouvait que tu ressemblais à ton père, qu'elle adorait. Quand il s'est fait cette coiffure de Mohican, elle a sauté de joie. Elle aimait qu'il soit rebelle, différent des autres. Elle ignorait que pour sa part il ne pouvait pas le sentir. Une fois, quand il avait sept ou huit ans, elle est arrivée dans un affreux manteau de vison. C'était avant qu'elle ne s'investisse dans la défense des animaux et tous ses trucs de divination. Sa fourrure empestait la naphtaline, comme le vieux linge qu'on gardait dans une malle, et ton père a baptisé Glo Tatie-Pue-la-Malle. Elle ne l'a jamais su, bien sûr. Mais ça lui plaisait qu'il se soit rebellé contre nous – enfin, c'est ce qu'elle croyait – et elle trouvait formidable que tu te sois rebellée à ton tour en t'orientant vers la musique classique. J'avais beau lui dire que ce n'était pas ça du tout, elle s'en fichait. Elle avait ses idées et n'en démordait pas, comme tout un chacun. »

Mamie babille ainsi pendant cinq minutes encore. Elle me donne les dernières petites nouvelles : Heather a décidé de devenir bibliothécaire et mon cousin Matthew a acheté une moto, ce qui est loin de ravir ma tante Patricia. Ma grand-mère est capable de bavarder ainsi sans arrêt tout en préparant le dîner ou en rempotant des orchidées. Je l'ai souvent vue à l'œuvre. En l'écoutant maintenant, je l'imaginerais presque dans sa serre, où, même en hiver, l'atmosphère est toujours humide et chaude et dégage une odeur d'humus, avec une petite note de fumier. Elle a l'habitude de ramasser de la bouse de vache, qu'elle appelle des « petits pâtés », et elle la mélange à du paillis pour fabriquer son propre engrais. Papy dit qu'elle devrait déposer le brevet, parce que les orchidées qu'elle fume avec cette mixture sont toujours primées.

J'essaie de me laisser bercer par la voix de mamie et son joyeux babil. Souvent, j'ai failli m'endormir en l'écoutant, assise sur un tabouret devant le comptoir de bar de sa cuisine américaine. Pourrais-je faire la même chose aujourd'hui ? Le sommeil serait le bienvenu. Un sommeil sans rêves. Un doux manteau noir qui efface-rait tout. J'ai entendu des gens évoquer le sommeil des morts. Est-ce que la mort ressemble à ça ? Une sieste éternelle, profonde, agréable, confortable ? Si oui, je ne serais pas contre. Du tout.

Je reviens brutalement à la réalité et le semblant d'apaisement apporté par la voix de mamie disparaît. C'est encore vague dans ma tête, mais je sais qu'une fois prise la décision de quitter ce monde, je partirai. Sauf que je n'y suis pas prête. Pas encore. J'ignore pourquoi, mais je ne suis pas prête. Et je crains qu'en envisageant favorablement une sieste éternelle, je ne fasse se produire la chose, irrévocablement, comme lorsque, étant petite, mes grands-parents m'avertissaient que si je faisais une grimace je resterais toujours ainsi.

Je me demande si tous les mourants ont la possibilité de décider de rester ou non. C'est peu vraisemblable. Après tout, cet hôpital est plein de gens à qui l'on fait subir des traitements très durs et des opérations éprou-vantes pour qu'ils restent parmi nous, et pourtant certains mourront quand même.

Est-ce que mon père et ma mère ont décidé, eux ? Ils n'en auront sans doute pas eu le temps. De toute façon, je ne peux imaginer qu'ils auraient choisi de m'abandonner. Quant à Teddy, a-t-il voulu les suivre ? A-t-il su que j'étais toujours en vie ? Même si c'est le cas, je ne peux lui en vouloir d'avoir choisi de partir sans moi. Il est petit, il a sans doute eu peur. Je l'ima-gine soudain seul et effrayé et, pour la première fois de ma vie, j'espère que mamie a raison, à propos des anges. J'espère qu'ils étaient tous trop occupés à réconforter Teddy pour se soucier de mon sort.

Pourquoi quelqu'un ne peut-il prendre la décision à ma place ?

Ma grand-mère est partie. Willow est partie. Tout est calme aux soins intensifs. Je ferme les yeux. Quand je les rouvre, mon grand-père est là, assis à mon chevet. Il pleure sans bruit. Je n'ai jamais vu personne pleurer ainsi. C'est comme si un robinet avait été ouvert derrière ses yeux. Les larmes tombent sur mon drap, sur mes cheveux fraîchement peignés. Il n'essaie même pas de s'essuyer le visage ou de se moucher.

Au bout d'un moment, quand ses yeux sont enfin secs, il se lève et dépose un baiser sur mon front. Je crois qu'il va s'en aller, mais il garde son visage près du mien.

« Si tu veux partir, tu peux, chuchote-t-il à mon oreille. Tout le monde veut que tu restes et Dieu sait que c'est mon vœu le plus cher. »

Sa voix se brise. Il se racle la gorge, prend une profonde inspiration, puis reprend :

« Mais c'est ce que je veux, *moi*, et je sais que ce n'est pas forcément la même chose pour toi. Je tiens à te dire que si tu nous quittes, je le comprendrai. Si tu dois t'en aller, si tu préfères arrêter de te battre, tu peux, Mia. »

Pour la première fois depuis que j'ai pris conscience que Teddy n'était plus là, lui non plus, quelque chose se libère en moi. Je respire. Je sais bien que papy ne peut être la personne qui va décider à ma place et dont je souhaitais l'aide. Il ne va pas débrancher mon respirateur, me donner une surdose de morphine, ou quelque chose du genre. Mais c'est la première fois aujourd'hui que quelqu'un reconnaît ce que j'ai perdu. Je n'ignore pas que l'assistante sociale a dit à mes grands-parents de ne surtout pas me perturber, mais je reçois comme un cadeau cette constatation de papy et la permission qu'il vient de me donner.

Il ne s'en va pas. Il se rassoit sur la chaise. Tout est de nouveau calme. Si calme qu'on entendrait presque les autres patients rêver. Si calme qu'on m'entendrait presque lui dire « merci ».

Quand maman a eu Teddy, mon père jouait encore de la batterie dans l'orchestre dont il faisait partie depuis la fac. Ses compagnons et lui avaient sorti deux CD et partaient en tournée tous les étés. Ce n'était pas un groupe très important, mais leur public, bien que régional, s'étendait à certaines villes universitaires plus éloignées. Curieusement, ils avaient aussi des fans au Japon. Ils recevaient souvent des courriers d'ados japonais qui leur demandaient de se produire dans leur pays et proposaient de les héberger. Papa disait toujours que si l'orchestre y allait, il nous emmènerait, maman et moi. Toutes les deux, on avait même appris quelques mots de japonais, au cas où. *Konichiwa. Arigato*. Finalement, ça ne s'est jamais produit.

À l'annonce de l'arrivée prochaine de Teddy dans la famille, papa a décidé de passer son permis de conduire. À trente-trois ans. Ce fut le premier signe avant-coureur des changements à venir. Il a d'abord suivi une formation d'apprenti conducteur, puis a demandé à maman de lui servir d'accompagnatrice, mais ça n'a pas marché. Il la trouvait trop impatiente ; elle le trouvait trop susceptible. C'est donc papy qui s'est chargé des cours de conduite accompagnée de papa. Ce qu'il avait déjà fait avec ses autres enfants, à ceci près qu'ils avaient alors seize ans.

Ensuite, il y a eu les modifications vestimentaires, mais on ne s'en est pas aperçus tout de suite, car elles ont été progressives. Ce n'est pas comme s'il avait changé du jour au lendemain ses T-shirts imprimés et ses jeans noirs moulants pour un costume. Les T-shirts ont cédé la place à des chemises des années 1950, puis les jeans ont pris le chemin de la poubelle, exception faite d'une paire de Levi's bruts qu'il repassait et mettait le week-end. Le reste du temps, il portait des pantalons à revers. Mais c'est quelques semaines après la naissance de Teddy que nous avons pris la mesure de la transformation en cours, lorsqu'il a donné à Henry son cher vieux blouson de motard en cuir à ceinture en fausse fourrure léopard.

« T'es pas sérieux, mec ! s'est exclamé Henry. Tu as ce truc sur le dos depuis que t'es môme. Il est même imprégné de ton odeur. »

Pour toute réponse, papa a haussé les épaules. Puis il est allé prendre dans ses bras Teddy, qui vagissait dans son berceau.

Il a annoncé son départ du groupe quelques mois plus tard. Maman ne voulait pas qu'il le fasse pour elle. Elle lui a dit qu'il pouvait continuer à jouer, du moment qu'il ne partait pas en tournée pendant un mois en la laissant seule avec les deux enfants. Mais il a répondu qu'elle n'avait pas à s'inquiéter. Il ne le faisait pas pour elle.

Les membres du groupe ont bien pris sa décision, sauf Henry. Anéanti, il a tenté de faire changer mon père d'avis en lui promettant que l'orchestre ne se produirait plus que localement, que c'en serait fini des tournées. « On peut même jouer en costard, si tu veux, a-t-il proposé. Donner dans le genre Frank Sinatra et Dean Martin. Hein, qu'est-ce que t'en penses ? »

Papa s'est montré intraitable et Henry et lui se sont disputés. Henry lui en voulait de quitter le groupe sans qu'ils se soient concertés, d'autant plus que ma mère l'avait autorisé à continuer les concerts. Papa a répondu qu'il était désolé, mais que sa décision était prise. Il s'était déjà inscrit en troisième cycle, car il voulait devenir professeur. Fini de glander.

« Un jour, tu comprendras, a-t-il dit pour conclure.

— Mes fesses ! »

Après ça, Henry n'a plus adressé la parole à papa pendant plusieurs mois. Willow passait de temps en temps à la maison, pour jouer les bons offices. Elle expliquait qu'Henry mettait les choses en ordre dans sa tête. « Il faut lui laisser le temps », disait-elle, et papa évitait de montrer qu'il était blessé. Ensuite, Willow et maman prenaient un café dans la cuisine en échangeant des sourires complices, l'air de dire : « Les hommes sont vraiment de grands enfants ! »

Henry a refait surface un peu plus tard, mais sans présenter d'excuses à mon père. Du moins, pas tout de suite. Des années après, quelque temps après la naissance de sa fille, il a téléphoné un soir chez nous, en larmes. « Je comprends, maintenant », a-t-il dit à papa.

Curieusement, mon grand-père a semblé presque aussi perturbé qu'Henry par la métamorphose de papa. On aurait pu croire que la nouvelle personnalité de son fils lui plaisait. En apparence, mamie et lui sont très vieux jeu. Avec eux, on remonte le temps. Ils n'ont ni ordinateur, ni le câble, ils ne disent pas de gros mots et on ne peut que se montrer poli avec eux. Maman, qui jurait comme un charretier, se tenait à carreau en leur présence. Il n'était pas question de les décevoir.

Mamie était excitée par la transformation de papa. « Si j'avais su que tout ça reviendrait à la mode, j'aurais gardé les vieux costumes de papy », a-t-elle dit un samedi où nous étions venus déjeuner. Sous son trench-coat, papa portait un pantalon en gabardine et un cardigan des années 1950.

« Ça ne revient pas à la mode, a raillé maman. En ce moment, c'est le retour du style punk. Donc, en quelque sorte, votre fils manifeste de nouveau sa rébellion. » Puis, se penchant vers Teddy, elle a murmuré : « Qui c'est qui a un papa qui se rebelle ? », tandis que mon petit frère gloussait, ravi.

Mamie s'est tournée vers son mari.

« Tu ne trouves pas que ton fils est superbe, maintenant ? »

Papy a haussé les épaules.

« Je le trouve superbe quelle que soit sa tenue. Pareil pour mes autres enfants et mes petits-enfants. »

Mais il avait l'air attristé.

Dans l'après-midi, je suis sortie chercher du petit bois avec mon grand-père. Il avait besoin de fendre quelques bûches. Je l'ai observé pendant qu'il s'attaquait à un tas d'aulne sec avec sa hache.

« Papy, tu n'aimes pas les nouveaux habits de papa ? » ai-je demandé.

Il s'est arrêté en plein élan, puis a posé sa hache près du banc sur lequel j'étais assise.

« Bien sûr que si, Mia, j'aime bien ses habits.

— Mais t'as eu l'air triste, tout à l'heure. »

Il a hoché la tête. « Tu n'as que dix ans, mais rien ne t'échappe, hein ?

— Ben, quand t'es triste, t'as l'air triste, papy.

— Je ne suis pas triste. Ton père semble très heureux et je suis certain qu'il fera un excellent professeur. J'envie ses futurs élèves. N'empêche que la musique va me manquer.

— La musique ? Mais tu n'es jamais allé à ses concerts !

— J'ai des problèmes aux oreilles. Ça date de la guerre. Le bruit me blesse.

— Tu devrais porter des écouteurs. Maman m'en met. Les bouchons d'oreilles tombent.

— Tu as raison, je vais essayer. Mais j'ai toujours écouté la musique de ton père, tu sais. À faible volume. Bon, je reconnais que je ne raffole pas de la guitare électrique. N'empêche que je suis très admiratif de ses compositions. Surtout les textes. Quand il avait ton âge, il écrivait des histoires formidables, qui parlaient d'animaux. Ta grand-mère les tapait à la machine et il les illustrait. J'ai toujours pensé qu'il deviendrait écrivain. D'une certaine manière, il l'est. Les mots qu'il met sur sa musique, c'est de la poésie. Tu les as bien écoutés ? »

J'ai fait « non » de la tête, soudain honteuse. Je n'avais jamais pris conscience que mon père écrivait les paroles des chansons. Comme il ne chantait pas, lui, j'avais toujours pensé que les chanteurs étaient aussi auteurs des textes. Pourtant, je l'avais vu cent fois assis à la table de la cuisine avec sa guitare et un cahier. Simplement, je n'avais jamais fait le lien.

Ce soir-là, quand nous sommes rentrés à la maison, je suis montée dans ma chambre avec les enregistrements de papa et un lecteur de CD. J'ai cherché quelles chansons il avait écrites, puis j'ai consciencieusement recopié les textes dans un cahier. C'est seulement lorsque je les ai eus sous les yeux que j'ai compris ce qu'avait voulu dire papy. Les paroles des chansons de papa n'étaient pas que des vers. C'était beaucoup plus que cela. L'une d'elles en particulier m'a frappée. Elle était intitulée *En attendant la vengeance*. Je l'ai lue, relue et écoutée jusqu'à la savoir par cœur et la chantonner sans même y prendre garde. Elle figurait sur le second album et c'était le seul slow joué par le groupe. Elle avait un côté country music, qui devait dater du bref flirt d'Henry avec le punk-hillbilly.

Mais que se passe-t-il ?
Où est-ce que j'en suis ?
Et surtout que vais-je faire ?
Il n'y a plus rien aujourd'hui
Là où ton regard rayonnait
Mais c'était il y a une éternité
C'était hier soir

Mais qu'est-il arrivé ?
Quel est ce bruit que j'entends
C'est juste ma vie qui passe
En sifflant près de mon oreille
Et quand je me retourne
Tout paraît minuscule
Comme ça l'est depuis une éternité
Depuis hier soir

Maintenant je m'en vais
Bientôt je ne serai plus là
Tu t'en apercevras je crois
Tu te demanderas ce qui n'allait pas
Je ne choisis pas
Mais je n'ai plus la force de lutter
Et c'est décidé depuis une éternité
Depuis hier soir.

« Qu'est-ce que tu chantes, Mia ? m'a demandé papa quand il m'a surprise en train de la chanter dans la cuisine, où j'essayais en vain d'endormir Teddy en le promenant dans sa poussette.

— Ta chanson », ai-je répondu d'une petite voix. J'avais soudain l'impression de m'être aventurée dans un domaine privé. Était-ce mal de chanter les chansons des autres sans leur autorisation ?

Mais il a eu l'air ravi. « Ma Mia chante *En attendant la vengeance* à mon Teddy, voyez-vous ça ? » Il s'est penché pour m'ébouriffer les cheveux et chatouiller la joue potelée de mon petit frère. « Ne t'arrête surtout pas pour moi. Continue. Je vais le promener à ta place. »

Joignant le geste à la parole, il s'est emparé de la poussette et a fait le tour de la cuisine avec.

J'étais gênée de chanter devant lui et je me suis contentée de fredonner. Il a alors joint sa voix à la mienne et Teddy a fini par s'endormir. Un doigt sur la bouche, il m'a fait signe de le suivre dans le living-room.

« Une partie d'échecs ? » m'a-t-il proposé. Il voulait toujours m'apprendre ce jeu, mais je le trouvais trop compliqué.

« Je préférerais les dames.

— Entendu. »

On a joué en silence. De temps en temps, quand c'était son tour, je le regardais à la dérobée, avec sa chemise classique, et je tentais de retrouver l'homme aux cheveux décolorés et à la veste de cuir dont l'image commençait à s'effacer.

« Papa, je peux te poser une question ?

— Bien sûr.

— Ça ne te manque pas, de ne plus faire partie d'un orchestre ?

— Non.

— Même pas un tout petit peu ? »

Il a levé vers moi son regard gris.

« Pourquoi me demandes-tu ça ?

— J'ai parlé avec papy.

— Je vois. » Il a hoché la tête. « Ton grand-père est persuadé qu'il m'a poussé à changer de vie.

— Et ce n'est pas vrai ?

— Si, mais de façon indirecte. En étant ce qu'il est, en me montrant ce que c'est qu'être père.

— Mais tu étais un bon père quand tu jouais dans l'orchestre. Le meilleur des papas. » J'avais soudain la gorge serrée. « Je ne voudrais pas que tu laisses tomber ça pour moi et pour Teddy. »

Papa m'a tapoté la main en souriant.

« Je ne laisse rien tomber, ma Mia à moi. Il ne s'agit pas de choisir entre deux options. Enseignement ou musique. Jeans ou costume. La musique fera toujours partie de ma vie.

— Mais tu as quitté le groupe ! Tu ne t'habilles plus punk !

— Cela n'a pas été difficile. Cette partie de ma vie était derrière moi. Le moment était venu, c'est tout. Et au contraire de ce que croient mon père et Henry, je n'y pense même plus. Dans la vie, il faut parfois faire des choix, et parfois ce sont les choix qui te font. Tu comprends ? »

J'ai pensé au violoncelle, à ces jours où je ne comprenais pas ce qui m'avait attirée vers cet instrument, et à ces autres fois où j'avais l'impression que c'était lui qui m'avait choisie. J'ai fait « oui » de la tête en souriant, puis j'ai reporté mon attention sur le jeu. « Dame », ai-je dit.

4 h 57

En attendant la vengeance m'obsède. J'ai passé des années sans l'écouter ni y penser, mais depuis que papy est reparti des soins intensifs, je n'ai pas arrêté de fredonner cette chanson. Il y a longtemps que papa l'a composée, et pourtant j'ai l'impression que c'était hier. Un peu comme s'il l'avait écrite là où il est maintenant. Comme si elle comportait un message secret à mon intention. Autrement, comment expliquer ces paroles ? *Je ne choisis pas. Mais je n'ai plus la force de lutter.*

Qu'est-ce que cela veut dire ? Est-ce une sorte d'instruction ? Un indice sur le choix que mes parents feraient pour moi s'ils le pouvaient ? J'essaie d'y réfléchir de leur point de vue. Je sais qu'ils aimeraient être avec moi, que nous soyons de nouveau tous ensemble. Mais si cela se passe ainsi après la mort, ce que j'ignore, nous serons réunis de toute façon, que je disparaisse ce matin ou dans soixante-dix ans. Que voudraient-ils pour moi *maintenant* ? Je vois déjà la tête de maman. Elle piquerait une crise si j'envisageais un seul instant de ne pas rester. Papa, lui, sait ce que veut dire être à bout de forces. Peut-être comprendrait-il, comme papy, pourquoi je ne crois pas *pouvoir* rester.

Je chante comme si, sous les paroles de la chanson, était enfouie une carte routière musicale m'indiquant où je dois aller et le moyen d'y parvenir.

Je suis tellement concentrée que je m'aperçois à peine que Willow est revenue dans l'unité et parle à l'infirmière en chef d'un ton farouchement déterminé.

Si j'y avais prêté attention, je me serais sans doute rendu compte qu'elle s'efforce de la gagner à sa cause pour qu'Adam puisse me rendre visite. Et je me serais arrangée pour partir avant qu'elle ne parvienne à ses fins, comme elle le fait toujours.

Car je ne veux pas le voir maintenant. Enfin, si, bien sûr, je veux le voir. J'en meurs d'envie. Mais je sais aussi que dans ce cas je vais perdre le bénéfice de la sérénité que mon grand-père m'a communiquée en me disant que je pouvais partir. J'essaie de rassembler mon courage pour faire ce que j'ai à faire. Et Adam compliquera tout. J'essaie de me lever pour partir, mais quelque chose s'est passé depuis que je suis retournée sur la table d'opération. Je n'ai plus la force de bouger. Je dois déjà m'accrocher pour rester assise sur ma chaise. Impossible de m'enfuir. Je dois me contenter de me cacher. Je me roule en boule et je ferme les yeux.

J'entends Miss Ramirez qui parle à Willow.

« Je vais le chercher », dit-elle, et, pour une fois, la chef ronchon ne lui ordonne pas d'aller s'occuper de ses propres patients.

« Tu as fait quelque chose de stupide, tout à l'heure. » Cette fois, Miss Ramirez s'adresse à Adam.

« Je sais, répond-il. J'étais désespéré.

— Romantique, plutôt.

— C'était idiot. Il paraît qu'elle allait mieux avant. Elle n'était plus sous assistance respiratoire et elle reprenait des forces. Mais après mon arrivée ici, son état s'est aggravé. Elle a eu un arrêt cardiaque sur la table d'opération et… »

Sa voix se brise et il se tait.

« Et ils ont pu faire repartir le cœur, répond Miss Ramirez. Elle avait une perforation d'un viscère qui provoquait un épanchement de bile dans l'abdomen et faisait des ravages dans son organisme. Cela arrive et tu n'as rien à voir avec. On a remis les choses en ordre.

— Mais elle allait mieux », insiste Adam. Il semble terriblement jeune et vulnérable, un peu comme Teddy quand il a eu une gastro. « Et puis je suis arrivé et elle a failli mourir. »

En entendant ces mots, j'ai l'impression de recevoir une douche glacée. Adam pense que c'est *lui* le responsable. Mais c'est absurde !

« Et moi, rétorque l'infirmière, j'ai *failli* un jour épouser un abruti. Seulement failli, par chance. Ne parlons pas de ce qui aurait pu arriver, ça n'a aucun intérêt. Mia est toujours là, Dieu merci. » Elle ouvre le rideau qui dissimule mon lit aux regards. « Vas-y », dit-elle à Adam.

Je m'oblige à relever la tête et à ouvrir les yeux. Même épuisé, les yeux battus, Adam est très beau. Sa barbe commence à pousser et je me dis qu'il doit piquer. Il porte l'écharpe écossaise de mon grand-père autour du cou.

Quand il me voit, il devient tout pâle, comme si j'étais une créature monstrueuse. Effectivement, je suis assez terrifiante, avec tous ces tubes et ces tuyaux reliés aux appareils, et mes pansements d'où le sang suinte. Mais il se reprend très vite. Il regarde autour de lui, cherchant ma main, qu'il place au creux des siennes.

« Pauvre petite Mia, tu as les mains glacées », dit-il. Prenant garde à ne pas heurter les tuyaux, il s'agenouille et réchauffe ma main de son haleine. Ça l'étonne toujours que j'aie les mains froides même en plein été, même après un moment passionné. J'ai beau lui expliquer que c'est une histoire de circulation, il ne me croit pas, parce que mes pieds restent chauds. Il dit toujours que j'ai des mains bioniques et que c'est pour cette raison que je joue si bien du violoncelle.

La première fois où il m'a ainsi réchauffé les mains, nous étions assis ensemble sur la pelouse de l'école, et il l'a fait comme si c'était la chose la plus naturelle du monde. Je me souviens aussi de la première fois où il a eu ce geste devant mes parents. C'était à Noël, le soir du réveillon, sous le porche de la maison, où nous buvions du cidre. Dehors, il gelait. Teddy a gloussé. Papa et maman ont échangé un regard éloquent, puis maman nous a adressé un sourire empreint de tristesse.

Si j'essayais de réintégrer mon corps, par exemple en m'allongeant sur moi-même, pourrais-je sentir qu'Adam me touche ? Et si je lui tendais ma main fantôme, la sentirait-il ? Réchaufferait-il des mains qu'il ne peut voir ?

Pour l'instant, il lâche la mienne et se rapproche encore du lit. Il est si près que je sens presque son odeur, et je suis prise d'une envie folle de le toucher. C'est un besoin aussi primaire et fondamental que celui du bébé qui cherche le sein maternel. Je sais aussi que si je le touche, ce sera le début d'une nouvelle épreuve de force, beaucoup plus douloureuse que la lutte tranquille qui nous oppose, lui et moi, depuis quelques mois.

Adam murmure quelque chose. Trois mots qu'il répète encore et encore : « S'il te plaît. » *S'il te plaît. S'il te plaît. S'il te plaît. S'il te plaît. S'il te plaît. S'il te plaît. S'il te plaît.*

Finalement, il s'arrête et, me regardant, il déclare d'un ton implorant :

« S'il te plaît, Mia, ne m'oblige pas à écrire une chanson. »

Je ne m'attendais pas à tomber amoureuse. Je n'étais pas du genre à me pâmer devant une rock star ou à rêver d'épouser Brad Pitt. Bien sûr, je savais qu'un jour je sortirais avec des garçons (quand je serais étudiante, si la prédiction de Kim devait se réaliser) et que je me marierais. Je n'étais pas indifférente aux charmes du sexe opposé, sans pour autant me faire tout un cinéma en rêvant du Prince charmant.

Et même quand je suis tombée amoureuse, je ne me suis pas vraiment rendu compte de ce qui se passait. Une fois surmontée la gêne des premières semaines, je me suis sentie si bien avec Adam que je n'ai réfléchi à rien. C'était simplement bon, comme de se plonger dans un bain chaud. Cela ne nous empêchait pas de nous affronter sur un certain nombre de sujets : sa froideur envers Kim, la distance que je gardais lors de ses concerts, sa vitesse excessive en voiture, ma façon d'accaparer les couvertures. J'étais perturbée de voir qu'il ne parlait pas de moi dans ses chansons, au motif qu'il n'était pas doué pour les chansons d'amour à la guimauve. « Si tu veux m'inspirer une chanson, il faudra que tu me trompes ou un truc de ce style », disait-il, sachant pertinemment que cela ne risquait pas d'arriver.

À l'automne dernier, néanmoins, la querelle entre Adam et moi a pris un autre tour. En fait, querelle est un bien grand mot. On ne se disputait pas vraiment, mais une tension s'était insinuée entre nous. Et ça a commencé avec mon audition à la Juilliard School.

« Alors, tu as fait un tabac ? m'a-t-il demandé à mon retour. Ils vont t'accorder une bourse ? »

Je pressentais que j'allais être admise, et ce, avant même d'avoir rapporté à Christie la phrase de l'examinateur remarquant qu'on n'avait « pas vu depuis longtemps une fille du fin fond de l'Oregon » dans cette école, ce qui l'avait persuadée de ma réussite. Quelque chose s'était passé lors de mon audition. Une barrière invisible était tombée et j'avais finalement pu jouer les morceaux comme je les entendais dans ma tête. Il en avait résulté un mélange transcendant, celui de mes capacités mentales et physiques, de la technique et de l'affectif. Sur la route du retour, assise sur le siège passager à côté de mon grand-père, j'avais eu un flash en approchant de la frontière entre la Californie et l'Oregon. Je m'étais vue arrivant à New York avec mon violoncelle. En fait, c'était plus qu'une vision, une véritable *certitude* que j'avais gardée en moi, bien au chaud, tel un secret. Comme je ne déborde pas d'assurance et que je ne suis pas quelqu'un qui croit à la prémonition, je me suis dit qu'il devait y avoir une base rationnelle à mon flash.

« Ça ne s'est pas trop mal passé », ai-je répondu à Adam, et je me suis aperçue que je venais de lui mentir pour la première fois. Rien à voir avec les mensonges par omission que j'avais pu faire jusqu'alors.

Tout d'abord, j'avais omis de lui dire que je posais ma candidature à la Juilliard School, alors que la préparation de mon dossier me prenait beaucoup de temps. Je devais consacrer tous mes moments de liberté à perfectionner avec Christie mon interprétation du concerto de Chostakovitch et des deux suites de Bach. Quand Adam me demandait pourquoi j'étais si occupée, je balbutiais de vagues excuses, évoquant les difficultés de nouveaux morceaux à apprendre. Techniquement, c'était vrai. Ensuite, Christie a organisé une séance d'enregistrement à l'université, de façon à ce que j'envoie un CD de qualité à l'école. Je devais être au studio un dimanche matin à sept heures et, la veille au soir, j'ai demandé à Adam de ne pas rester parce que je ne me sentais pas très bien. Ce n'était pas faux, d'ailleurs. J'étais très nerveuse. Donc, je ne mentais pas vraiment. De plus, j'estimais que ce n'était pas bien grave, car, dans la mesure où je n'avais rien dit non plus à Kim, Adam n'était pas le seul à être tenu à l'écart.

Mais quand je lui ai répondu que l'audition ne s'était pas trop mal passée, j'ai eu l'impression de m'engager dans des sables mouvants. Un pas de plus, et je m'enlisais. J'ai donc respiré un bon coup et je suis revenue sur la terre ferme.

« En fait, ce n'est pas vrai, ai-je dit. Cela s'est merveilleusement passé. J'ai joué comme jamais. Comme si j'étais possédée. »

Il a souri, le regard fier.

« J'aurais aimé voir ça. » Puis son regard s'est obscurci et les coins de ses lèvres sont tombés. « Pourquoi ne pas me l'avoir dit, Mia ? Pourquoi ne pas m'avoir appelé après l'audition pour que je te félicite ?

— Je ne sais pas.

— Eh bien, c'est formidable, a-t-il dit en tentant de dissimuler sa déception. Ça se fête ! »

J'ai affiché une gaieté forcée. « D'accord. Allons samedi à Portland. On se promènera au Jardin japonais et puis on dînera au restaurant thaïlandais.

— Impossible. Ce week-end, souviens-toi, le groupe est en concert à Olympia et à Seattle. Tu peux venir, bien sûr, mais ce ne sera pas forcément une fête pour toi. Sinon, je reviens dimanche en fin d'après-midi. Retrouvons-nous le soir à Portland.

— Là, c'est moi qui ne suis pas libre. Je joue dans un quatuor à cordes chez un prof. Le week-end d'après, alors ? »

Il a pris un air attristé.

« On enregistre les deux week-ends suivants. Mais nous pouvons sortir dans la semaine. Quelque part dans le coin. Pourquoi pas au restaurant mexicain ?

— Entendu, Adam. »

Deux minutes plus tôt, je n'avais même pas envie de fêter l'événement, mais maintenant je trouvais insultant de devoir me contenter d'un dîner en milieu de semaine à l'endroit où nous allions d'habitude.

Quand Adam a obtenu son diplôme d'études secondaires, au printemps dernier, et qu'il a quitté le domicile familial pour s'installer dans la Maison du rock et étudier à l'université, je me suis dit que cela n'allait pas changer grand-chose. Il vivrait toujours près de chez moi et nous pourrions nous voir tout le temps. Nos rencontres dans le bâtiment de musique du lycée me manqueraient, mais je ne serais pas mécontente que notre histoire ne se déroule plus dans ce cadre fermé.

En réalité, les choses ont changé à ce moment-là, quoique pour des raisons différentes de celles que j'aurais imaginées. Au début de l'automne, alors qu'Adam commençait à peine à s'adapter à la vie d'étudiant, les événements se sont soudain accélérés pour Shooting Star. Une maison de disques moyenne de Seattle leur a proposé un contrat et ils ont été très pris par les séances d'enregistrement. Ils donnaient maintenant des concerts pratiquement tous les week-ends, devant un public de plus en plus nombreux. Adam ne pouvait plus suivre ses cours qu'à mi-temps et, si les choses continuaient à ce rythme, il envisageait de laisser tomber carrément ses études. « La chance ne frappe pas deux fois à ta porte », me disait-il.

J'étais sincèrement ravie pour lui. Je savais que Shooting Star était beaucoup plus qu'un orchestre local. Jusque-là, dans la mesure où Adam ne cachait pas que ces concerts comptaient beaucoup pour lui, je n'avais pas attaché d'importance à ses absences de plus en plus fréquentes. Mais ce n'était plus le cas maintenant que je pensais être admise à la Juilliard School. Ce qui n'avait rien de logique, car cette perspective aurait dû au contraire équilibrer notre relation. Après tout, quelque chose d'excitant m'arrivait, à moi aussi.

« On ira à Portland dans quelques semaines, quand il y aura les illuminations de Noël », m'a-t-il promis.

J'ai acquiescé d'un air morne.

Il a soupiré. « Ça devient compliqué, n'est-ce pas ?

— Oui. Nous sommes débordés », ai-je répondu.

Il a pris mon visage dans ses mains et a plongé son regard dans le mien.

« Ce n'est pas ce que je veux dire.

— Je sais, Adam. »

Je me suis tue, une boule dans la gorge.

Nous avons essayé de dédramatiser la situation en plaisantant et en tournant autour du sujet.

« J'ai lu dans le journal que l'université Willamette proposait une bonne formation musicale, a déclaré Adam. Elle est à Salem, qui devient de plus en plus branchée, paraît-il.

— D'après qui, le gouverneur ?

— Liz a trouvé des trucs pas mal dans une boutique de fripes. Et quand les boutiques de fripes s'installent quelque part, les branchés ne sont pas loin.

— Tu oublies que je ne suis pas particulièrement branchée, Adam. À propos de "branchitude", ce serait peut-être bien que Shooting Star aille s'installer à New York. C'est au cœur de la scène punk. Blondie, Les Ramones… »

J'avais pris un ton glamour à décrocher un Oscar.

« C'était il y a trente ans, a-t-il répondu. Et même si je voulais vivre à New York, le reste du groupe ne suivrait pas. »

Il a contemplé le bout de ses chaussures et j'ai compris qu'il n'avait plus envie de plaisanter. Mon cœur s'est serré, et pourtant je savais que le pire restait à venir.

Adam et moi n'avions jamais parlé de l'avenir de notre couple, mais avec le tour que prenaient les événements, c'est carrément tout ce qui était au-delà de quelques semaines que nous évitions d'évoquer. Cela rendait nos conversations aussi peu naturelles qu'au début. Un après-midi, après la rentrée, j'ai repéré une jolie robe 1930 en soie dans la boutique de fripes où mon père achetait ses costumes. J'ai failli la montrer à Adam, pour savoir si à son avis je pourrais la porter au bal de l'école. Et puis je ne l'ai pas fait, car la soirée n'avait lieu qu'en juin prochain. Peut-être qu'à ce moment-là Adam serait en tournée et que moi-même serais occupée à préparer mon entrée à la Juilliard School. Quelque temps après, Adam me racontait qu'il aimerait avoir une guitare Gibson SG d'époque et, comme la sienne se déglinguait, j'ai proposé de lui en offrir une pour son anniversaire. Il m'a fait remarquer que ce genre d'instruments coûtait plusieurs milliers de dollars et surtout que son anniversaire était seulement en septembre. Et à la façon dont il a dit « septembre », on aurait cru un juge prononçant une sentence de prison.

Il y a quelques semaines, nous sommes allés ensemble à une soirée de nouvel an. Adam s'est soûlé et sur le coup de minuit, il m'a embrassée passionnément. « Promets-moi que tu passeras le réveillon de l'an prochain avec moi. Promets-le », a-t-il murmuré à mon oreille.

J'allais expliquer que même si j'allais à la Juilliard, je serais chez moi pour les fêtes, mais je me suis aperçue que la question n'était pas là. J'ai donc promis, car j'en avais envie autant que lui. Puis je l'ai embrassé avec la même ardeur, comme si je voulais fusionner nos corps tout entiers.

En rentrant, j'ai trouvé ma famille réunie dans la cuisine en compagnie d'Henry, de Willow et de leur bébé. Papa préparait un petit déjeuner à base de saumon fumé.

Quand il m'a vue, Henry a hoché la tête.

« Dire qu'hier, je trouvais que huit heures du mat', c'était tôt pour rentrer chez moi ! Aujourd'hui, je donnerais n'importe quoi pour être capable de dormir jusqu'à cette heure-là.

— On n'a même pas tenu le coup jusqu'à minuit, a reconnu Willow en faisant sauter sa fille sur ses genoux. Heureusement, d'ailleurs, parce que cette petite demoiselle a décidé de démarrer l'année à cinq heures et demie.

— J'ai veillé jusqu'à minuit ! s'est écrié Teddy. J'ai vu le lancer de la grosse boule à Times Square à la télé. C'est à New York, tu sais, Mia ? Si tu vas là-bas, tu m'emmèneras le voir pour de vrai ?

— Bien sûr. »

Je feignais l'enthousiasme, mais, même si la perspective de mon admission à la Juilliard School me rendait à la fois nerveuse et excitée, l'idée de passer le réveillon du nouvel an seule à New York avec Teddy me déprimait carrément.

Maman m'a regardée.

« C'est le nouvel an, donc je ne vais pas te passer un savon parce que tu rentres à cette heure-ci. Mais si tu as la gueule de bois, tu es priée de filer dans ta chambre.

— Rassure-toi, j'ai juste bu une bière. Simplement, je suis claquée.

— Claquée, c'est tout ? Tu en es sûre ? »

Elle m'a prise par le poignet et m'a obligée à lui faire face. Quand elle a vu mon expression catastrophée, elle a penché la tête de côté, comme pour demander : « Ça ne va pas ? » J'ai haussé les épaules et je me suis mordu la lèvre pour ne pas craquer. Avec un air entendu, elle m'a conduite à la table, où elle m'a servi une tasse de café. Puis elle a placé devant moi une assiette de saumon avec une tranche de pain et, même si je croyais n'avoir pas faim, l'appétit m'est venu d'un coup. J'ai mangé en silence, tandis que maman m'observait. Ensuite, elle a envoyé les autres voir la télé dans le living.

« Allez, a-t-elle dit. Mia et moi, on va faire la vaisselle. »

Dès que nous avons été seules, elle m'a tendu les bras et je m'y suis blottie en pleurant. Toute la tension et les incertitudes des semaines précédentes s'en allaient d'un coup. Elle est restée ainsi sans bouger pendant que je trempais son pull-over de larmes. Quand je me suis calmée, elle m'a tendu la lavette.

« Tu laves, j'essuie, et on parle. J'ai toujours trouvé que l'eau chaude et la mousse avaient quelque chose d'apaisant. »

Elle s'est emparée du torchon et nous nous sommes mises à l'ouvrage. J'ai commencé à lui raconter ce qui se passait avec Adam.

« Ç'a été merveilleux pendant dix-huit mois, maman. À tel point que je n'ai même jamais pensé à l'avenir. Au fait que nous pouvions prendre des directions différentes. »

Elle a souri.

« Moi, si, j'y ai pensé. »

Je me suis tournée vers elle. Elle regardait par la fenêtre un couple de moineaux qui se baignaient dans une flaque.

« Je me souviens, quand Adam est venu passer le réveillon de Noël avec nous, l'an dernier, j'ai dit à ton père que tu étais tombée amoureuse trop tôt.

— Oui, je sais, qu'est-ce qu'une gamine sait de l'amour, et cætera et cætera… »

Maman a posé l'assiette qu'elle essuyait.

« Pas du tout. Je n'ai jamais considéré ta relation avec Adam comme un flirt de lycéens. Vous aviez et avez toujours l'air d'être vraiment, passionnément amoureux. » Elle a poussé un soupir. « Mais dix-sept ans n'est pas un âge facile pour être amoureux. »

Sa déclaration m'a arraché un sourire et mon estomac s'est un peu décrispé.

« Dis-moi, maman, si nous n'étions pas musiciens tous les deux, nous pourrions aller ensemble à l'université et tout se passerait bien, non ?

— Là, tu bottes en touche, Mia. Tu sais bien qu'en amour, il y a des hauts et des bas. Parfois, c'est l'harmonie, parfois, la cacophonie, comme en musique.

— Tu as sans doute raison.

— En plus, c'est la musique qui vous a réunis. Avec ton père, on l'a toujours pensé. Vous étiez amoureux de la musique et puis vous êtes tombés amoureux l'un de l'autre. Un peu comme ton père et moi. Je ne jouais d'aucun instrument, mais j'écoutais. Heureusement, j'étais un peu plus âgée quand on s'est rencontrés. »

Après le concert de Yo-Yo Ma, lorsque je lui avais demandé pourquoi il m'avait choisie, Adam avait évoqué le lien que constituait la musique entre nous, mais je ne l'avais jamais dit à ma mère.

« C'est vrai, maman, et pourtant, je crois que c'est la musique qui va nous séparer. »

Elle a secoué la tête.

« Foutaises. La musique ne peut pas faire ça. Bien sûr, la vie vous place parfois devant des chemins différents. Mais chacun décide lequel prendre. » Elle s'est tournée vers moi et m'a regardée dans les yeux.

« Adam n'a pas l'intention de t'empêcher d'aller à la Juilliard School, au moins ?

— Pas plus que je ne compte lui demander de s'installer à New York. Rien ne dit que j'irai, d'ailleurs. Tout ça est ridicule.

— Bien sûr, mais tu vas quelque part, c'est évident. Pareil pour Adam.

— Il peut aller quelque part tout en continuant à vivre ici. »

Ma mère a haussé les épaules.

« Peut-être. Pour le moment, du moins. »

J'ai pris ma tête dans mes mains.

« Qu'est-ce que je vais faire ? Je suis tellement partagée. »

Elle m'a adressé un sourire compatissant.

« Je l'ignore, mais je te soutiendrai si tu décides de rester ici, près de lui. Quoique je ne te voie pas renoncer à la Juilliard School. D'un autre côté, si tu fais le choix de l'amour, l'amour d'Adam plutôt que celui de la musique, je te comprendrai. Dans les deux cas, tu es gagnante. Et perdante. Que veux-tu que je te dise, l'amour est un voyou. »

Après ça, Adam et moi en avons reparlé, installés sur son futon à la Maison du rock.

« Rien ne dit que je ne vais pas me retrouver ici, à la fac, avec toi, ai-je déclaré tandis qu'il plaquait quelques accords sur sa guitare acoustique. En un sens, j'aimerais ne pas être admise, pour ne pas avoir à choisir.

— Si tu es admise, ton choix est déjà fait, n'est-ce pas ? »

Oui, il était fait. J'irais. Cela ne signifiait pas que je cesserais d'aimer Adam ou que je romprais avec lui, mais maman et lui avaient raison. Je ne renoncerais pas à la Juilliard.

Il s'est tu quelques instants, puis il a repris, en grattant sa guitare avec une telle force que la musique a presque couvert le son de sa voix :

« Pas question que je te mette des bâtons dans les roues. Si la situation était inversée, tu me laisserais y aller.

— C'est pratiquement le cas, ai-je répondu. En un sens, tu es déjà parti, Adam. Vers ta propre Juilliard School.

— Je sais. Mais je suis encore ici. Et je suis toujours fou de toi.

— Et moi de toi. »

Nous nous sommes tus pendant qu'il jouait une mélodie que je n'avais encore jamais entendue. Je lui ai demandé ce que c'était.

« Ça s'appelle "Le-blues-de-mon-cœur-de-punk-déchiré-par-le-départ-de-mon-amoureuse-pour-Juilliard" », a-t-il répondu en chantant d'une voix volontairement nasillarde. Puis il a ajouté, avec un sourire désarmant :

« Je plaisante.

— Ah bon !

— Si l'on veut », a-t-il ajouté.

5 h 42

Adam est parti. Il s'est brusquement précipité dehors en expliquant à Miss Ramirez qu'il avait oublié quelque chose d'important et qu'il allait revenir le plus vite possible. Au moment où il franchissait le seuil, elle lui a lancé qu'elle était sur le point de terminer son service. En fait, elle vient de s'en aller, après avoir pris soin d'informer l'infirmière qui relaie la vieille grognon que « le jeune homme avec les cheveux en pétard et le pantalon *skinny* » était autorisé à me voir à son retour.

À vrai dire, cela n'a pas servi à grand-chose, car c'est Willow qui commande, maintenant. Après mes grands-parents et Adam, ma tante Patricia a pu me rendre visite, suivie de tante Diane et d'oncle Greg, puis de mes cousins. Willow va et vient, une étincelle dans le regard. Elle mijote quelque chose, mais je ne saurais dire si elle cherche à m'aider à m'accrocher à l'existence en faisant venir mes proches ou si elle les conduit vers moi pour qu'ils me disent adieu.

Maintenant, c'est au tour de Kim. Pauvre Kim ! On dirait qu'elle a dormi dans une poubelle. Ses cheveux ont atteint un niveau maximal de rébellion et la moitié s'échappe de sa tresse. Elle porte l'un de ses « pulls merdouilleux », comme elle qualifie les informes tricots couleur caca d'oie que sa mère lui achète systématiquement. Au début, elle plisse les yeux en me regardant, comme éblouie par une lumière intense. Puis elle semble s'adapter et décider que je suis toujours la même Mia, même si j'ai l'air d'un zombie avec ces tubes qui me sortent de tous les orifices et le sang qui tache la mince couverture. Et qu'est-ce qu'adorent faire Kim et Mia quand elles sont ensemble ? Bavarder.

Elle s'installe sur la chaise placée à mon chevet. « Comment vas-tu ? » interroge-t-elle.

Je n'en sais rien. Je suis épuisée. En même temps, la visite d'Adam m'a laissée agitée, anxieuse. Et tout à fait réveillée. Je n'ai rien senti quand il m'a touchée, mais sa présence m'a stimulée. Je commençais à peine à en profiter quand il a filé comme s'il avait le feu aux fesses. C'est dingue, il bataille dix heures pour pouvoir me rendre visite et, quand il y parvient enfin, le voilà qui repart au bout de dix minutes ! Peut-être que je lui ai fait peur. Peut-être qu'il ne veut pas avoir à affronter ça. Peut-être que je n'ai pas le monopole de la trouille ici. Après tout, si j'en avais eu la force, j'aurais fui à toutes jambes à son arrivée, alors que depuis la veille je ne pensais qu'à le voir.

« Écoute, ça a été une nuit de dingue », commence Kim, qui entreprend ensuite de me la décrire en détail. Elle me raconte la crise de nerfs de sa mère devant mes proches, qui, dit-elle, ont merveilleusement réagi. Elle enchaîne sur la dispute qu'elle a eue avec elle devant le Roseland Theater, sous les yeux d'une bande de punks, m'expliquant qu'elle a crié à Mrs Schein en larmes de « commencer enfin à se conduire en adulte », avant de la planter là et d'entrer dans le club, sous les encouragements bruyants de types aux cheveux fluo vêtus de cuir clouté. Elle me décrit comment Adam, toujours déterminé à me voir après s'être fait jeter des soins intensifs, est allé demander de l'aide à ses amis musiciens, lesquels, précise-t-elle, ne sont pas les snobinards qu'elle croyait. Puis elle termine en me parlant de la visite à l'hôpital d'une certaine rock star.

Je sais déjà l'essentiel de tout cela, mais Kim l'ignore, évidemment. Sans compter que j'aime l'entendre me les raconter. J'apprécie sa façon de me parler normale-ment, comme mon grand-père un peu plus tôt, de la même manière que si l'on était sous mon porche en train de boire un café – ou un cappuccino glacé dans le cas de Kim.

Je me demande si, après la mort, on se souvient des événements de sa vie. Logiquement, on ne devrait pas. Quand on est mort, on doit être dans l'espèce de néant d'avant la naissance. Un néant qui n'en est pas un, en ce qui me concerne. De temps en temps, j'ai éprouvé une étrange impression de déjà-vu quand mes parents évoquaient leurs souvenirs : le premier saumon pêché par papa avec papy, le formidable concert de Dead Moon auquel maman avait assisté avec papa la première fois où ils étaient sortis ensemble. Ou plus exactement, il s'agit d'un sentiment de déjà-vécu. Je me vois assise au bord de l'eau, tandis que papa sort de la rivière un saumon coho, même si mon père ne devait pas avoir plus d'une douzaine d'années à l'époque. J'entends le *feedback* quand Dead Moon joue *D.O.A.* à l'X-Ray Café, et pourtant je n'ai jamais vu le groupe en live et l'X-Ray a fermé avant ma naissance. Ces souvenirs s'impriment en moi de manière si viscérale, si personnelle, que je les confonds avec les miens.

Je n'en ai jamais parlé à personne. Ma mère aurait certainement dit que j'étais présente en tant qu'ovule dans ses ovaires. Papa aurait décrété qu'avec maman, ils m'avaient infligé tant de fois le supplice de leurs histoires qu'ils avaient fini par me laver le cerveau sans le vouloir. Et mamie aurait déclaré que j'étais peut-être déjà là, sous la forme d'un ange, avant que je ne choisisse de devenir l'enfant de mes parents.

Mais maintenant, je m'interroge. Maintenant, j'espère. Parce que lorsque je partirai, je veux emporter le souvenir de Kim. Et je veux me souvenir d'elle ainsi : en train de me raconter une histoire amusante, de batailler avec sa fofolle de mère, d'être acclamée par une bande de punks, de se révéler dans ce genre de circonstances, de trouver en elle-même des réserves dont elle ne soupçonnait pas l'existence.

Pour Adam, c'est différent. Me souvenir de lui, ce serait en quelque sorte le perdre de nouveau et je crains que ce ne soit au-delà de mes forces.

Kim en arrive à l'Opération Diversion, le moment où Brooke Vega a fait irruption dans l'hôpital avec sa bande de punks. Elle me confie qu'avant d'atteindre les soins intensifs, elle craignait d'avoir des ennuis, mais qu'ensuite l'excitation a pris le dessus. Quand le vigile s'est emparé d'elle, elle n'a pas eu peur. « Je me disais : qu'est-ce qui peut m'arriver, au pire ? On me met en prison. Ma mère pète les plombs. Je suis vissée pendant un an. Bon. » Elle fait une pause. « Ce ne serait rien après ce qui vient d'arriver, reprend-elle. Même la prison serait moins pénible que de te perdre. »

Je sais que Kim me raconte tout cela pour me maintenir en vie. Elle ne se rend pas compte que, curieusement, sa remarque me libère, comme la permission que m'a donnée papy. Je sais que ce sera très dur pour elle quand je mourrai, mais je réfléchis aussi à ce qu'elle a dit, qu'elle n'avait pas peur, que la prison serait un moindre mal que ma mort. Ce qui me donne la certitude que tout ira bien pour elle. Elle souffrira de me perdre ; au début, elle sera anesthésiée, puis la douleur lui coupera le souffle. Elle finira sa terminale dans de mauvaises conditions, submergée par les manifestations de sympathie pour-la-disparition-de-sa-meilleure-amie dont elle n'aura que faire, et surtout parce qu'elle n'a pas d'autre véritable amie. Mais elle s'en sortira. Elle quittera l'Oregon. Elle ira à l'université. Elle se fera de nouveaux amis. Elle tombera amoureuse. Elle deviendra photographe, du genre qui n'a pas besoin de grimper dans un hélicoptère. Et je parie que ce deuil la rendra plus forte. J'ai idée que lorsqu'on traverse une épreuve comme celle-ci, on en sort avec quelque chose d'invincible.

Je sais que cela me rend légèrement hypocrite. Dans ce cas, pourquoi ne pas rester ? Pourquoi ne pas batailler ? Peut-être que si j'étais un peu plus aguerrie, si j'avais eu plus de malheurs, je serais mieux préparée à ce combat. Bien sûr, ma vie n'a pas été sans nuages. Comme tout le monde, j'ai eu des moments de déception, de solitude, de colère, de frustration. Mais je n'ai pas connu de drames. Je n'ai jamais eu de raisons de m'endurcir suffisamment pour affronter ce qui m'attend si je dois rester.

Kim me rapporte maintenant comment Willow m'a sauvée d'un isolement inexorable et elle le fait avec beaucoup d'admiration dans la voix. Je les imagine en train de devenir amies toutes les deux, même si vingt ans les séparent. Je suis heureuse de me dire qu'elles pourront aller ensemble boire un café ou voir un film, unies par le fil invisible d'une famille qui a cessé d'exister.

Elle énumère les personnes qui se trouvent actuellement à l'hôpital ou sont venues dans la journée, en comptant sur ses doigts : « Tes grands-parents, tes oncles, tes tantes, tes cousins. Adam, Brooke Vega et sa bande. Les musiciens du groupe d'Adam : Mike, Fitzy, Liz et sa copine Sarah, qui sont dans la salle d'attente depuis qu'ils ont été éjectés des soins intensifs. Christie, qui a passé la moitié de la nuit ici, puis est repartie dormir quelques heures et prendre une douche avant de se rendre à un rendez-vous. Henry a appelé pour dire qu'il arrivait avec la petite, parce qu'elle s'est réveillée à cinq heures du matin et qu'il ne voulait pas rester chez eux plus longtemps. Et puis maman et moi, conclut Kim. Flûte, je ne sais plus combien de gens ça fait. Mais ça fait un tas. D'autres ont téléphoné pour demander s'ils pouvaient venir, mais ta tante Diane leur a dit d'attendre, parce qu'"ils" mettaient déjà assez le bazar et, par "ils", je suppose qu'elle désigne Adam et moi. » Kim se tait et a un sourire fugitif. Puis elle fait un drôle de bruit, entre la toux et le raclement de gorge, comme chaque fois qu'elle rassemble son courage avant de se jeter à l'eau.

« Finalement, poursuit-elle, il y a une vingtaine de personnes dans la salle d'attente. Certains sont des parents à toi. D'autres non. Mais nous tous, nous sommes ta famille. »

Elle se tait et se penche vers moi. Ses boucles me caressent le visage tandis qu'elle dépose un baiser sur mon front. « *Tu as encore une famille* », murmure-t-elle.

Début septembre, pour la fête du Travail, nous avons improvisé une petite réception. L'été avait été très chargé. J'étais allée en camp de musique, puis nous nous étions tous rendus dans la maison de campagne de la famille de ma grand-mère, dans le Massachusetts. J'avais l'impression d'avoir à peine vu Adam et Kim pendant cette période. Mes parents, eux, se plaignaient de ne pas avoir vu Willow, Henry et la petite depuis des mois. « Henry dit qu'elle commence à marcher », remarqua papa ce matin-là. Nous étions tous assis dans le living-room, face au ventilateur pour éviter d'étouffer, car l'Oregon subissait une vague de chaleur. À dix heures du matin, il faisait déjà plus de 30 °C.

Maman a levé les yeux vers le calendrier.

« Elle a déjà dix mois. On ne voit pas le temps passer ! a-t-elle constaté, avant de se tourner vers Teddy et moi. Je n'arrive pas à croire que j'ai une fille qui entame sa terminale et un petit garçon au cours élémentaire !

— Je ne suis pas un petit garçon, a protesté Teddy, visiblement outré.

— Désolé, Teddy, mais à moins que nous n'ayons un autre enfant, tu seras toujours mon "petit" garçon. »

Papa a fait mine de s'inquiéter :

« Un autre enfant ?

— Je plaisante, a dit maman. On verra comment je me sentirai quand Mia s'en ira à l'université. »

Teddy avait pris un air décidé.

« N'empêche que j'aurai huit ans en décembre et qu'on devra m'appeler Ted, parce que je serai un homme. »

J'ai pouffé et le jus d'orange que j'étais en train de boire m'est passé par le nez. « Vraiment ?

— C'est Casey Carson qui me l'a dit. »

Mes parents et moi avons acquiescé d'un grognement. Casey Carson était le meilleur ami de Teddy.

« Ah bon, si c'est Casey qui te l'a dit... »

J'ai ri et bientôt mes parents en ont fait autant.

« Qu'est-ce qu'il y a de drôle ?

— Rien, fiston, a dit papa. C'est la chaleur.

— On pourra quand même faire fonctionner l'arrosage automatique, aujourd'hui, papa ? »

Mon père avait promis à Teddy qu'il pourrait se rafraîchir ainsi, même si le gouverneur de l'État avait demandé à tous d'économiser l'eau. Il trouvait qu'avec huit mois de pluie par an, les habitants de l'Oregon n'avaient pas vraiment à se préoccuper des risques de sécheresse.

« Et comment ! Tu as même l'autorisation d'inonder le jardin.

— Si la petite fille marche, elle pourra venir se mettre sous l'arrosage avec moi. »

Maman a jeté un coup d'œil à papa.

« Ce n'est pas une mauvaise idée. Je crois que Willow ne travaille pas aujourd'hui.

— On pourrait faire un barbecue, a dit mon père. Après tout, c'est la fête du Travail et c'est un vrai boulot de griller des trucs par cette chaleur.

— Pourquoi pas ? Le congélateur est plein de steaks depuis que ton père a commandé cette pièce de bœuf.

— Adam peut venir ? » ai-je demandé.

Ma mère a hoché affirmativement la tête.

« Bien sûr. Sans compter qu'il y a longtemps qu'on ne l'a pas vu.

— Je sais, maman. Ça commence à marcher fort pour le groupe. »

À l'époque, j'étais sincèrement ravie par ce succès. Même si ma grand-mère avait déjà semé l'idée de la Juilliard School dans ma tête, je n'avais pas encore décidé de poser ma candidature et tout allait bien avec Adam.

Papa a souri.

« Si la rock star accepte d'honorer de sa présence l'humble pique-nique de ploucs comme nous…

— Il fréquente bien une plouc comme moi, ai-je rétorqué. Je crois que je vais aussi inviter Kim.

— Plus on est de fous, plus on rit, a dit maman. On va faire la fiesta, comme au bon vieux temps.

— Quand il y avait des dinosaures ? a demandé Teddy.

— Exactement, fiston. Quand il y avait des dinosaures et que ta mère et moi, nous étions jeunes. »

Une vingtaine de personnes sont venues : Henry, Willow, leur bébé, Adam, accompagné de Fitzy, Kim, qui avait amené une cousine du New Jersey en visite, et toute une flopée d'amis de mes parents, qu'ils n'avaient pas vus depuis une éternité. Papa avait extrait notre antique barbecue du sous-sol et il a passé l'après-midi à le nettoyer. On a fait griller des steaks, des galettes de céréales et des tranches de tofu. Il y avait aussi du melon qu'on gardait au frais dans un seau à glace, et une salade de légumes bio en provenance de la ferme d'amis de mes parents. J'ai aidé maman à préparer trois tartes avec des mûres sauvages que j'étais allée cueillir avec Teddy. On a bu du Pepsi-Cola dans des bouteilles à l'ancienne que papa avait déniché dans une vieille épicerie et il était bien meilleur, je l'avoue. Bref, c'était un de ces repas dont on se souviendrait longtemps.

Quand papa a mis en marche l'arrosage automatique pour Teddy et le bébé, tout le monde a décidé d'en profiter aussi. On l'a laissé tourner si longtemps que le gazon jauni a fini par se transformer en un terrain boueux et glissant. Je me demandais si le gouverneur allait venir nous demander d'arrêter. Adam m'a plaquée aux jambes et l'on s'est tortillés sur la pelouse en riant. La chaleur était telle que je n'ai pas pris la peine d'enfiler des vêtements secs. Je continuais simplement à passer sous l'arrosage dès que je transpirais trop. À la fin de la journée, ma robe bain de soleil était toute raide. Teddy avait ôté sa chemise et il avait le corps strié de traces de boue. Papa trouvait qu'il ressemblait à l'un des garçons du film *Sa Majesté des mouches*.

Quand la nuit est tombée, certains sont allés assister au feu d'artifice tiré sur le campus ou suivre le concert d'un groupe appelé Oswald Five-O qui se produisait en ville. Quelques-uns sont restés, dont Adam, Kim, Willow et Henry. La température a baissé et papa a allumé un feu de camp sur la pelouse. Puis les instruments de musique ont fait leur apparition. Papa est allé chercher sa caisse claire dans la maison, Adam la guitare de réserve qu'il gardait dans ma chambre et Henry sa guitare dans sa voiture. Tout le monde s'est mis à jouer et à chanter, des chansons de papa et d'Adam, et de vieilles chansons des Clash et des Wipers. Teddy dansait, ses cheveux blonds illuminés par le reflet des flammes. En voyant ce spectacle, je me souviens d'avoir pensé avec un petit frémissement : *Le bonheur ressemble à ça*.

À un moment, mon père et Adam ont cessé de jouer et je les ai surpris en train de chuchoter. Puis ils sont rentrés à l'intérieur, sous le prétexte d'aller chercher de la bière. Mais quand ils ont réapparu, ils portaient mon violoncelle.

J'ai protesté.

« Ah non, je ne donne pas un concert !

— Ce n'est pas ce qu'on veut, a répondu papa. On aimerait que tu joues avec nous.

— Pas question. »

Adam m'avait parfois demandé de « faire une jam » avec lui et j'avais toujours refusé.

Kim est intervenue.

« Pourquoi refuses-tu, Mia ? Je ne te savais pas aussi snob. »

La panique m'a gagnée.

« Ce n'est pas ça, mais les deux styles ne vont pas ensemble.

— Et depuis quand ? » a demandé maman en haussant les sourcils.

Henry s'est mis à rire.

« Je n'aurais jamais cru qu'en musique, tu étais ségrégationniste ! »

Willow lui a fait les gros yeux, avant de se tourner vers moi.

« S'il te plaît, Mia, accepte, a-t-elle dit tout en berçant le bébé dans ses bras pour l'endormir. Je n'ai plus l'occasion de t'entendre.

— On est entre nous », a renchéri Henry, tandis que Kim acquiesçait.

Adam m'a pris la main et m'a caressé l'intérieur du poignet.

« Fais-le pour moi. Je meurs d'envie de jouer avec toi. Juste une fois, Mia. »

Je m'apprêtais à réaffirmer que mon violoncelle n'avait pas sa place dans le monde punk-rock. Et puis j'ai jeté un coup d'œil à ma mère, qui me regardait d'un petit air de défi, puis à mon père, qui tapotait le culot de sa pipe avec une nonchalance feinte, histoire de ne pas mettre d'huile sur le feu, à Teddy, qui bondissait sur place – à mon avis, c'était pour essayer d'ôter de la guimauve collée sous sa chaussure et non pas par désir de m'entendre jouer –, à Kim, à Willow et à Henry, qui étaient suspendus à ma décision, et enfin à Adam, qui affichait une expression de fierté et de respect, comme lorsqu'il m'écoutait jouer. Je craignais de me planter, de ne pas réussir à intégrer mon jeu au leur, mais, en prenant conscience de leur attente, je me suis dit que ce ne serait pas la fin du monde.

J'ai donc joué. Et croyez-moi si vous voulez, le violoncelle ne rendait pas mal parmi toutes ces guitares. Même, il rendait étonnamment bien.

7 h 46

C'est le matin. L'hôpital ne dort jamais. Les lumières restent allumées, les infirmières veillent, mais on sent que c'est l'heure du réveil. Les médecins sont de retour. Ils soulèvent mes paupières, me collent leur lumière dans l'œil, griffonnent sur mon dossier, les sourcils froncés comme si je les avais abandonnés.

Je m'en fiche. Je n'en peux plus et tout sera bientôt fini. L'assistante sociale est revenue, elle aussi. On ne dirait pas qu'elle a eu une nuit de sommeil. Elle a encore le regard las, les cheveux en bataille. Elle consulte mon dossier et écoute les infirmières faire leur rapport sur ce qui s'est passé pour moi pendant la nuit. Cela semble l'épuiser un peu plus. L'infirmière à la peau très noire est également de retour. Elle me dit qu'elle est ravie de me revoir, qu'hier soir elle a pensé à moi en espérant bien me retrouver ici ce matin. Puis, s'apercevant que ma couverture est tachée de sang, elle fait « tss, tss », et va m'en chercher une propre.

La visite de Kim a été la dernière. Je me dis que Willow n'a plus personne à conduire à mon chevet pour m'influencer. Je me demande si toutes les infirmières sont au courant de son petit trafic. Miss Ramirez, oui, c'est certain. Et celle qui s'occupe de moi maintenant aussi, étant donné sa façon de me manifester sa joie. J'aime beaucoup ces infirmières. J'espère qu'elles ne prendront pas ma décision de manière personnelle.

Mon épuisement est tel que je peux à peine cligner des yeux. C'est une question de temps, maintenant, et une part de moi-même se demande pourquoi je repousse l'inévitable. Mais au fond, je connais la réponse : j'attends qu'Adam revienne. Il semble être parti depuis une éternité, quoiqu'il ne doive pas y avoir plus d'une heure, en réalité. Et il m'a demandé d'attendre. Alors, je vais le faire. Je le lui dois bien.

Comme j'ai les paupières closes, je l'entends avant de le voir. J'entends son souffle rauque. Il halète comme s'il venait de courir le marathon. Ensuite, je sens son odeur de transpiration, un arôme sain et musqué que j'enfermerais dans un flacon pour le porter en guise de parfum si je le pouvais. J'ouvre les yeux. Il a fermé les siens, qui sont rouges et gonflés. Est-ce pour cela qu'il s'est absenté ? Pour pleurer sans que je le voie ?

Il se laisse tomber sur la chaise, comme un vêtement qu'on abandonne à la fin d'une rude journée, prend son visage dans ses mains et inspire profondément pour retrouver son calme. Au bout de quelques instants, il pose ses mains sur ses genoux et dit avec force : « Écoute, Mia. »

J'ouvre les yeux. Je me redresse autant que je peux. Et j'écoute.

« Reste », dit-il.

Sa voix se brise déjà, mais il ravale son émotion et poursuit :

« Il n'y a pas de mots pour décrire ce qui t'est arrivé. Il n'y a rien de positif là-dedans. Mais il existe une raison de vivre. Et je ne parle pas de moi. C'est seulement que… Je ne sais pas. Je dis peut-être des bêtises. Je suis en état de choc. Ce qui s'est passé pour tes parents, pour Teddy… »

Quand il prononce le prénom de mon petit frère, sa voix se brise de nouveau et les larmes inondent son visage. Et moi, je pense : *Je t'aime*.

Il se reprend et poursuit :

« Je suis sûr d'une chose, c'est que ce serait un gâchis si ta vie s'arrêtait là. Évidemment, ta vie est gâchée désormais, quoi qu'il arrive, et je ne suis pas assez fou pour penser que moi ou qui que ce soit pourrait changer ça. Mais je n'arrive pas à me faire à l'idée que tu ne puisses pas vieillir, avoir des enfants, suivre les cours de la Juilliard School, jouer du violoncelle devant un public nombreux qui éprouverait le même frisson que moi lorsque je te vois prendre ton archet, lorsque je te vois me sourire.

« Si tu restes, je ferai ce que tu voudras. Je quitterai le groupe pour t'accompagner à New York. Mais, si tu préfères que je m'en aille, je le ferai aussi. J'ai parlé avec Liz et elle m'a dit que ce serait peut-être trop douloureux pour toi de retrouver ta vie d'avant, qu'il vaudrait peut-être mieux que tu nous rayes de ton existence. Ce serait dur, mais je le ferais. Je peux accepter de te perdre de cette façon si je ne te perds pas aujourd'hui. Je te laisserai t'en aller. Si tu restes. »

À ce moment-là, Adam s'effondre. Ses sanglots résonnent comme des coups de poing sur une chair tendre.

Je ferme les yeux. Je couvre mes oreilles de mes mains. Je ne peux pas voir ça. Je ne peux pas entendre ça.

Mais ce n'est plus Adam que j'entends. C'est un gémissement sourd qui prend soudain son essor et s'adoucit. Le son du violoncelle. Adam a placé des écouteurs sur mes oreilles et posé un iPod sur mon torse. Il me demande de l'excuser, car ce n'est pas mon morceau favori, mais il n'a pu faire mieux. Il augmente le volume de façon à ce que la musique emplisse l'atmosphère matinale. Puis il prend ma main.

C'est Yo-Yo Ma. L'*Andante con poco e moto rubato*. Les notes basses du piano s'égrènent, tel un avertissement, puis le son du violoncelle s'élève – la musique d'un cœur qui saigne. Et c'est comme si quelque chose en moi implosait.

Je suis assise avec ma famille à la table du petit déjeuner, en train de boire mon café brûlant tout en riant devant les moustaches chocolatées de Teddy. Dehors, la neige tombe.

Je suis dans un cimetière. Trois tombes s'abritent sous un arbre, sur la colline qui surplombe le fleuve.

Je suis allongée avec Adam sur la rive sablonneuse du fleuve, la tête posée sur sa poitrine.

J'entends des gens prononcer le mot « orpheline » et je me rends compte que c'est de moi qu'ils parlent.

Je déambule dans New York aux côtés de Kim dans l'ombre des gratte-ciel.

Je tiens Teddy sur mes genoux et je le chatouille tandis qu'il se tortille en poussant de petits cris ravis.

Je suis assise avec mon violoncelle, celui que mes parents m'ont offert après mon premier récital. Mes doigts caressent le bois et les chevilles, qui se sont patinées avec le temps. Mon archet est en position au-dessus des cordes. J'ai le regard fixé sur ma main, prête à jouer.

Je regarde ma main, qu'Adam tient dans la sienne.

Yo-Yo Ma continue de jouer et la musique coule en moi comme une transfusion. Les souvenirs de mon existence passée m'arrivent en rafales, ainsi que des flashes de ma vie telle qu'elle pourrait être désormais. Tout va vite, trop vite. Ça se bouscule, jusqu'au moment où je ne peux plus suivre, où je n'en peux plus, où cela doit s'arrêter.

Il y a un éclair aveuglant, une douleur qui me déchire un bref et terrible instant, un cri qui s'élève en silence de mon corps brisé. Pour la première fois, j'ai la sensation de la souffrance qui m'attend si je reste.

Mais, à ce moment-là, je sens la main d'Adam. Je la sens vraiment, je sens son contact. Je ne suis plus assise sur ma chaise, pliée en deux. Je suis allongée sur le dos dans mon lit d'hôpital. Mon corps et moi ne faisons plus qu'un à nouveau.

Adam pleure et je pleure aussi, à l'intérieur, parce que enfin j'ai des sensations. Je sens non seulement la douleur physique, mais l'horreur et la profondeur de la perte que j'ai subie et qui va laisser en moi un cratère que rien ne pourra combler. Mais je sens aussi tout ce qui remplit ma vie, y compris ce qui a disparu et ce qu'elle me réserve et que j'ignore encore. Et c'est trop pour moi. Ces sensations s'accumulent et menacent d'exploser dans ma poitrine. Je n'ai qu'un moyen d'y survivre : me concentrer sur la main d'Adam qui serre la mienne.

Et soudain j'éprouve le *besoin* de tenir sa main, un besoin comme je n'en ai jamais connu jusque-là. De la serrer, sans me contenter de le laisser serrer la mienne. Je transmets le peu d'énergie qui me reste à ma main droite. Je suis faible et c'est affreusement difficile. C'est la chose la plus difficile qui soit. Je rassemble tout l'amour que j'ai éprouvé, toute la force que papy, mamie, Kim, Willow et les infirmières m'ont donnée, tout le souffle que papa, maman et Teddy me communiqueraient s'ils le pouvaient. Je réunis mes propres forces, les dirige comme un rayon laser vers les doigts et la paume de ma main droite. J'imagine cette main en train de caresser les cheveux de Teddy, de tenir l'archet au-dessus de mon violoncelle, d'être entrelacée avec celle d'Adam.

Puis je serre.

Je retombe en arrière, épuisée, sans trop savoir si j'y suis arrivée. Ni ce que cela signifie. Ni si cela a été enregistré. Si cela compte.

Mais je sens l'étreinte d'Adam qui se resserre, de sorte que j'ai l'impression qu'il tient mon corps tout entier. Qu'il pourrait me soulever hors de ce lit. Puis j'entends sa respiration qui s'accélère, suivie du son de sa voix. C'est la première fois aujourd'hui que je l'entends vraiment.

« Mia ? » interroge-t-il.

Remerciements

Pour que ce livre voie le jour, plusieurs personnes ont réuni leurs efforts sur une brève période. Et tout d'abord Gillian Aldrich, qui a fondu en larmes (d'émotion) lorsque je lui ai fait part de mon idée. Je n'aurais pu trouver meilleure incitation à aller de l'avant.

Malgré leur emploi du temps surchargé, Tamara Glenny, Eliza Griswold, Kim Sevcik et Sean Smith ont pris le temps de lire les premiers jets et de m'offrir leurs encouragements bienvenus. Qu'ils soient assurés de ma reconnaissance et de mon affection pour leur amitié et leur générosité sans faille. Certaines personnes vous aident à garder la tête hors de l'eau ; Marjorie Ingall fait la même chose avec mon cœur et je l'en remercie avec toute mon affection.

Sarah Burnes est pour moi un agent au sens le plus fort du terme. Avec une chaleur, une intelligence, une passion et une perspicacité extraordinaires, elle oriente les mots que j'écris vers ceux qui doivent les lire. Elle a fait des miracles pour ce livre, tout comme Courtney Hammer et Stephanie Cabot.

Chez Penguin, ma remarquable éditrice Julie Strauss-Gabel a offert à Mia et à sa famille (sans parler de moi-même) les soins attentionnés que l'on attendrait d'un proche. Stephanie Owens Lurie, Don Weisberg et les infatigables équipes de la direction commerciale, de la publicité et du marketing se sont dépensés sans compter pour cet ouvrage. Merci également à Philippe Robinet et à tout le monde chez Oh ! Éditions.

La musique tient une place importante dans ce livre. Je me suis largement inspirée de Yo-Yo Ma, dont l'œuvre imprègne une grande partie de l'histoire de Mia, et de Glen Hansard et Marketa Irglova, dont j'ai dû écouter plus de deux cents fois la chanson *Falling Slowly* tout en écrivant.

Merci à ceux de l'Oregon, Greg et Diane Rios, nos compatriotes durant toute cette aventure, John et Peg Christie, dont la grâce, la dignité et la générosité ne cessent de m'émouvoir. Ma vieille amie le Dr Jennifer Larson, médecin urgentiste, m'a fourni des informations sur l'échelle de coma de Glasgow, entre autres renseignements médicaux.

Mes parents, Lee et Ruth Forman, et ma fratrie, Greg Forman et Tamar Schamhart, sont mes fans les plus assidus et les plus enthousiastes. Ils ignorent mes échecs (du moins professionnels) et célèbrent mes réussites comme si elles étaient les leurs (ce qui est d'ailleurs le cas).

Je ne me suis pas rendu compte tout de suite de la place importante que tient dans cet ouvrage la façon dont les parents modifient leur existence pour leurs enfants. Willa Tucker m'apprend cette leçon chaque jour et me pardonne à l'occasion quand je suis trop occupée à jouer à « faire comme si » dans ma tête pour y jouer avec elle.

Je dois tout à mon mari, Nick Tucker, sans qui rien de tout cela n'existerait.

Enfin, toute ma gratitude à R.D.T.J., qui m'inspire de multiples façons et me montre chaque jour que l'immortalité existe.

Postface de l'éditeur

Aux frontières de la mort

> *La mort qui vient la mort qui va la mort vécue*
> *La mort visible boit et mange à mes dépens*

Paul Eluard, *Le temps déborde : Notre vie*, 1947

Des expériences édifiantes

Ils sont nombreux ceux qui sont allés aux extrêmes limites de la vie. Deux à trois millions en France, estime-t-on. Revenus parmi nous, après un passage plus ou moins long dans « l'entre-deux », ils racontent. Leurs récits présentent d'étranges similitudes, mais comportent aussi des variantes très personnelles, comme tout ce qui est humain. Ainsi, dans le roman de Gayle Forman, la musique, on l'a vu, revêt une importance particulière.

Ces histoires sont hautement édifiantes – au double sens du terme –, dans la mesure où elles nous invitent à méditer sur des problèmes philosophiques, moraux et religieux, fondamentaux et fortement imbriqués, et qui hantent la conscience humaine. Depuis l'Égypte antique, des témoignages concernant les EMI (Expériences de mort imminente – en anglais NDE : Near

Death Experience) sont légion et retiennent maintenant l'attention des scientifiques de nombreuses disciplines qui les répertorient et les analysent. Évoquons quelques cas parmi les plus significatifs...

Les Égyptiens ont cherché à provoquer par étouffement un état voisin d'une EMI. Pharaon y était soumis, car il devait être initié aux mystères de l'au-delà. Et les différentes étapes du voyage dans l'après-vie ressemblent étonnamment à celles que décrivent aujourd'hui ceux qui ont vécu une expérience similaire. Dans *La République* (vers 370 av. J.-C.), Platon évoque le mythe d'Er, le Pamphylien, ressuscité après une bataille, dont l'âme revient sur terre après avoir cheminé au royaume des morts. Là encore, on relève d'étranges similitudes avec des témoignages contemporains ou avec des récits du bouddhisme tibétain sur le Bardo-Thödol (« intervalle entre les réincarnations »), le Livre des morts tibétain. Plutarque (46-120 apr. J.C.), dans ses *Moralia*, et Plotin (204-270 apr. J.C.), dans ses *Ennéades*, rapportent des histoires très semblables.

Au Moyen Âge, on voit dans les légendes de la Table ronde Perceval pendu par des brigands et qui en réchappe après avoir vécu une étrange EMI. Le temps s'est, pour lui, brusquement figé, et il a pu pénétrer dans une dimension extraordinaire où brillait la lumière ineffable du Graal, « faite d'amour et de connaissance absolus ». À la fin du XVIᵉ siècle, Montaigne, victime d'un grave accident, relate dans ses *Essais* cette étrange approche de la mort qui lui a permis de l'« apprivoiser ». « Il me semblait que la vie ne me tenait plus qu'au bout des lèvres : je fermais les yeux pour aider, ce me semblait, à la pousser hors, et prenais plaisir à m'alanguir et à me laisser aller. C'était

une imagination qui ne faisait que nager superficielle-
ment en mon âme, aussi tendre et aussi faible que tout
le reste, mais à la vérité non seulement exempte de
déplaisir, [mais] mêlée à cette douceur que sentent
ceux qui se laissent glisser au sommeil... »

De nos jours, les témoignages se multiplient et
prennent des aspects encore plus saisissants dans la
mesure où les personnes relatent ces expériences
devant la caméra. On peut évoquer le cas de M. Jean
Morzelle, qui a récemment fait la une de nombreux
médias (presse et télévision). Blessé à l'abdomen en
1949, au cours d'un exercice de tir alors qu'il accom-
plissait son service militaire, il a été transporté
mourant à l'hôpital et sauvé in extremis. Il raconte
qu'il flottait au-dessus de la table d'opération dont il
a pu lire la marque – affirmation corroborée a poste-
riori par le chirurgien. Il parle d'un voyage dans « un
tunnel très noir » : « Au bout, il y avait une immense
lumière qui m'entourait, me parlait, et surtout qui
m'aimait.[1] » Ensuite, il réintégrait son corps par le
haut du crâne en gardant le grand bonheur d'être allé
« de l'autre côté ».

On pourrait également citer le film documentaire de
Françoise Gilliand, *Aux frontières de la* mort, réalisé par
la Télévision Suisse Romande, dans lequel quatre personnes témoignent avec émotion de l'expérience qui a
bouleversé leur vie et nous emmènent parfois au-delà du
« scientifiquement correct ». Refroidies par le scepticisme
de leur entourage, elles n'en avaient jusqu'alors guère
parlé...

---

1. *La Dépêche*, 2 janvier 2009.

Partir et revenir

Le médecin américain Raymond Moody, docteur en philosophie, a été l'un des premiers à rapporter les témoignages de personnes ayant subi une EMI et à tenter d'en dégager des constantes. Dans *La vie après la vie*, ouvrage de référence qui a connu un succès mondial retentissant, il livre les récits de 150 Américains ayant échappé à la mort. À grands traits, l'éditeur résume ainsi leur extraordinaire expérience : « Un homme meurt, entend le constat du médecin, se voit sur son lit de mort, entouré de ses proches [...]. Un bourdonnement retentit, et c'est la traversée du tunnel [...] jusqu'à un lieu de paix et de beauté. L'homme, abandonnant son ancien corps, marche vers un être de lumière. Soudain un mur ! Et c'est le retour à la vie terrestre... »

Depuis, de nombreuses études menées par d'éminents spécialistes de toutes disciplines ont été publiées, ainsi qu'un second livre du Dr Moody : *Lumières nouvelles sur la vie après la vie*. On peut dégager, malgré quelques variantes, un schéma type de toutes ces expériences, qui laisse apparaître sept étapes.

1. Aux portes de la mort, intense sensation de bien-être et de paix, en l'absence de toute souffrance ;

2. Impression de « décorporation », ce que les chercheurs américains appellent OBE (Out of Body Experience). Le sujet flotte au-dessus de son corps et assiste en spectateur aux tentatives de réanimation. Il peut se déplacer et accompagner certaines personnes ;

3. Traversée d'une zone obscure, sorte de tunnel dans lequel le sujet peut rencontrer un « passeur », connu ou non, qui lui sert de guide ;

4. Émergence dans un halo de lumière intense, source d'émotions paroxystiques souvent associée à de fulgurants émois amoureux ;

5. Vision panoramique des événements marquants de la vie du sujet. Une connaissance « totale » qui peut le conduire à un bilan d'ensemble et à une quête du sens de l'existence ;

6. Expérience de la « frontière ». Le sujet se heurte à une sorte de barrière qui symbolise l'ultime limite entre sa vie terrestre et une vie à venir. Funambule, il peut basculer d'un côté ou de l'autre. La décision semble lui appartenir ;

7. Au bout du compte, retour dans le corps. Le sujet retrouve son unité perdue, et les sensations physiques renaissent.

De nombreuses hypothèses ont été émises par les scientifiques. L'une d'elles a en ce moment la faveur des spécialistes. Les endorphines, molécules proches de l'opium, sont secrétées en abondance dans les états de mort imminente et provoquent une sensation intense de félicité, stimulée par la désinhibition des processus de mémorisation, ce qui pourrait expliquer l'actualisation simultanée de nombreux souvenirs. En ce qui concerne la « vie » après la mort, nous n'avons aucune révélation sûre. N'aurait-on pas affaire à des images terrestres sublimées ? suggèrent certains psychiatres.

Quoi qu'il en soit, on remarquera que le récit de Mia, dans le roman de Gayle Forman, suit d'assez près le processus décrit par le Dr Moody. Tout particulièrement la sérénité de Mia après l'accident, le phénomène de « décorporation » qui lui permet de se déplacer dans l'espace, les retours constants à des moments marquants du passé, l'expérience des limites et du choix, et la réintégration du corps : « Mon corps et moi ne faisons plus qu'un à nouveau. » Mais deux éléments très personnels jouent aussi un rôle capital. La musique agit comme un « passeur », lui permettant de revenir à la vie. Et surtout l'amour pour Adam. L'image finale des mains enlacées en est un puissant symbole.

Visions d'artistes

Compte tenu de l'importance et de la force de telles expériences qui nous projettent aux limites de l'extrême, il n'est pas étonnant qu'elles aient constamment inspiré de nombreux créateurs et parfois suscité des chefs-d'œuvre.

Jérôme Bosch (1450-1516), par exemple, représente dans *L'ascension vers l'empyrée*, la montée d'êtres ailés vers l'au-delà. On y reconnaît le fameux tunnel, image récurrente dans les EMI, ainsi que la lumière intense qui nimbe l'extrémité vers laquelle se dirigent les âmes.

Le cinéma a lui aussi souvent exploité le sujet.

Alain Resnais, en 1984, dans *L'amour à mort* (avec Sabine Azéma, Fanny Ardant, Pierre Arditi et André Dussollier), étudie les liens étroits qui unissent l'amour et la mort à travers l'histoire de deux couples.

En 1990, le film américain *L'expérience interdite*, réalisé par Joel Schumacher (avec Julia Roberts, Kiefer Sutherland, Kevin Bacon et William Baldwin dans les rôles principaux), raconte l'histoire de cinq étudiants en médecine qui tentent le voyage ultime. L'un d'eux, Nelson Wright (Kiefer Sutherland), qui a vécu une EMI et se sent désormais investi d'une mission, n'a qu'une idée en tête : savoir ce qui se passe après la mort. Et le seul moyen de le savoir, c'est de… mourir !

Ces expériences, ou des histoires assez proches explorant les limites de la vie, ont aussi inspiré de nombreux romanciers. Marc Lévy, par exemple, dans *Et si c'était vrai…*, publié en 2000 et porté à l'écran par Mark Waters, en 2005. Arthur découvre au fond du placard de sa salle de bains une belle jeune fille. Mais il est le seul à la voir. En fait, le véritable corps se trouve à l'hôpital de San Francisco dans un état de coma dépassé : Lauren a été victime d'un accident de voiture six mois auparavant. Arthur cherche donc à expliquer cette séparation du corps et de l'esprit et s'acharne à sauver la belle inconnue menacée d'euthanasie… Le roman, empreint de tendresse, d'émotion et d'humour a aussi le mérite de nous faire sourire et rêver. C'est rare quand on aborde un sujet aussi grave que celui du voyage aux limites extrêmes de la vie !

Si vous avez aimé

Si je reste

découvrez un extrait du titre

Les cœurs fêlés
de Gayle Forman
(Paru chez Pocket Jeunesse)

Ce devait être une excursion au Grand Canyon et je n'avais aucune envie d'y aller. En plein été, il devait bien faire trois mille degrés dans ce désert. Entre le climat et les deux jours de trajet en voiture avec mon père et le Monstre, sa seconde femme, j'étais sûre d'y laisser ma peau. Le Monstre est toujours après moi. Tout y passe : mes cheveux, rouges avec des mèches noires, ou noirs avec des mèches rouges, si l'on préfère ; mes tatouages – un brassard celtique, une guirlande de pâquerettes sur la cheville, et un cœur situé à un endroit qu'elle ne risque pas de voir ; ma prétendue mauvaise influence sur Billy, mon demi-frère, qui n'est encore qu'un bébé et doit prendre mes tatouages pour de la BD, si même il les a remarqués.

En plus, c'était mon dernier week-end de liberté avant l'entrée en première et il s'annonçait d'enfer. Je joue de la guitare dans un groupe, Clod, et on devait se produire au Festival de l'été indien d'Olympia parmi des orchestres top niveau, le genre qui est sous contrat avec des producteurs. Rien à voir avec les cafés et les soirées particulières où l'on jouait d'habitude. Mais, bien sûr, le Monstre s'en fichait. Elle considère le rock punk comme une sorte de culte diabolique. D'ailleurs, après la naissance de Billy, elle m'a interdit de continuer à répéter dans le sous-sol pour protéger le petit trésor. Du coup, je dois me replier chez Jed, qu'elle n'aime pas non plus parce qu'il a dix-neuf ans et qu'il habite – horreur ! – non pas avec ses parents, mais en colocation.

J'ai donc refusé poliment. Bon, d'accord, peut-être pas si poliment que ça. J'ai dit que je préférais bouffer du verre pilé, ce qui a fait se précipiter le Monstre vers papa, lequel m'a demandé d'un air las la raison de ma mauvaise humeur. J'ai expliqué l'histoire du concert. Dans une vie antérieure, mon père s'est s'intéressé à la musique, mais, là, il s'est contenté d'ôter ses lunettes et de se masser la cloison nasale en déclarant que c'était comme ça et pas autrement. On allait au Grand Canyon en famille, point final. Comme je n'avais pas l'intention de me laisser faire, j'ai sorti tout mon arsenal d'arguments : pleurs, silence obstiné, vaisselle fracassée. Pour rien. Le Monstre a refusé de discuter et je me suis retrouvée face à papa, à qui je n'aime pas faire de la peine. Résultat, j'ai cédé.

J'ai dû annoncer la nouvelle au groupe. Erik, le batteur, amateur de fumette, s'est contenté de lâcher mollement un juron, mais Denise et Jed étaient contrariés. « On a tellement bossé, tu as tellement bossé », s'est lamenté Jed. J'étais désolée de le voir si déçu. D'autant qu'il avait raison. J'étais sur le point de participer à un méga-concert alors que, trois ans plus tôt, j'étais incapable de faire la différence entre un accord de *do* et un *fa*. J'allais devoir tirer un trait dessus et Clod serait réduit à un trio lors du festival. Ça me ravageait de ne pas pouvoir y aller, mais, en même temps, la réaction de Jed me réchauffait le cœur.

J'aurais dû me douter qu'un coup tordu se préparait quand, le vendredi matin, j'ai vu papa en train de charger seul le monospace marronnasse que le Monstre lui a fait acheter à la naissance de Billy. Ni elle ni mon petit frère n'étaient présents.

Cela m'a énervée. « Elle est toujours en retard, ai-je lancé.

— Brit, ta mère ne voyage pas avec nous.

— D'abord, c'est pas ma mère, et puis qu'est-ce que c'est que cette histoire ? Tu as dit qu'on partait en famille, donc que j'étais o-bli-gée d'y aller. Mais s'ils ne viennent pas, je n'y vais pas non plus.

— On part en famille », a martelé mon père. Il a fourré ma valise à l'arrière avant d'ajouter : « Simplement, Billy est trop jeune pour supporter un voyage de deux jours en voiture. Ils vont prendre l'avion et on se retrouvera tous là-bas. »

Je ne me suis pas méfiée non plus lorsque, en arrivant à Las Vegas, papa a proposé qu'on s'y arrête. À l'époque où maman était encore avec nous, c'est ce qu'on faisait. On sautait dans la voiture sur une impulsion et on filait à Vegas ou San Francisco. Je me souviens qu'une nuit, parce qu'une vague de chaleur nous empêchait de dormir, on a fourré nos sacs de couchage dans la voiture et on a mis le cap sur les montagnes, où l'air était plus frais. Papa n'a plus jamais été aussi cool depuis. Le Monstre a réussi à le convaincre que la spontanéité équivaut à de l'irresponsabilité.

Nous avons déjeuné tous les deux sur les bords du faux canal vénitien d'un grand hôtel, et papa a même souri quand je me suis moquée de quelques touristes qui se baladaient avec un K-way sur les fesses. Puis on est allés au casino. Personne ne remarquerait que j'avais seulement seize ans, m'a-t-il dit en me donnant vingt dollars pour jouer aux machines à sous. Finalement, notre petite escapade se présentait bien. Pourtant, je l'ai trouvé bizarre. Quand j'ai gagné trente-cinq dollars, il n'a même pas eu l'air content et il les a empochés en m'expliquant que c'était plus sûr, qu'il me les rendrait plus tard. Là encore, je n'ai pas remarqué le petit voyant rouge qui s'allumait. Pour la première fois depuis des lustres, l'idiote que j'étais s'amusait en retrouvant le père qu'elle avait connu.

Quand on a quitté Las Vegas, il est devenu taciturne, comme après ce qui s'était passé avec maman. Il avait les mains crispées sur le volant et je commençais à gamberger, si bien que je n'ai pas fait attention lorsqu'il a pris la direction de l'Utah. Il faut dire que nous traversions un paysage de falaises en argile rouge, qui me semblaient correspondre à ce que je savais du Grand Canyon. Au coucher du soleil, on s'est arrêtés dans une petite ville et j'ai pensé qu'on allait passer la nuit dans un autre motel. Effectivement, au premier regard, la Red Rock Academy, un bâtiment d'un étage en forme de T, pouvait passer pour un hôtel de troisième catégorie. Sauf qu'il n'y avait pas d'arbres, que la cour était jonchée de parpaings, et que des barbelés entouraient l'ensemble. Pour couronner le tout, deux costauds sortis tout droit de la préhistoire surveillaient les lieux.

Cette fois, ça sentait le roussi. « C'est quoi, ce machin ? ai-je demandé à papa.

— Une école à laquelle j'aimerais qu'on jette un œil.

— Quoi, une sorte de fac ? Mais c'est un peu tôt, j'entre tout juste en première.

— C'est plutôt, disons, un pensionnat.

« — Tu veux m'envoyer en pension ?

— On va simplement jeter un coup d'œil.

— Mais pourquoi ? La semaine prochaine, c'est la rentrée dans *mon* école.

— Justement, ma chérie, tes résultats n'ont pas été brillants dans *ton* école.

— Bon, d'accord, deux ou trois fois, j'ai eu des mauvaises notes. Ce n'est pas la fin du monde ! »

Papa s'est passé la main sur le front. « C'est plus que deux ou trois fois. Mais il y a autre chose, Brit. Vois-tu, j'ai depuis quelque temps l'impression que tu t'exclus de la famille. Tu n'es plus toi-même et j'aimerais que tu sois un peu aidée avant que… » Sa voix s'est brisée.

« En clair, tu veux que j'aille dans cet endroit. Je peux savoir quand ?

— On va juste jeter un coup d'œil », a-t-il répété.

Mon pauvre père n'a jamais su mentir. Il rougit, il frémit, bref, c'est écrit sur sa figure. Et là, ça se lisait en grosses lettres. Ses mains tremblaient. Ça sentait vraiment la catastrophe.

« Enfin, papa, qu'est-ce qui se passe ? » ai-je hurlé en ouvrant ma portière. Mon cœur battait à tout rompre et résonnait comme un tambour dans mes oreilles. Dès que je suis sortie de la voiture, les deux gorilles se sont précipités. Ils m'ont mis les bras dans le dos et m'ont entraînée.

« S'il vous plaît, soyez gentils avec elle ! a supplié papa.

— Où est-ce qu'ils m'emmènent ?

— Brit, ma chérie, c'est pour ton bien. » J'ai vu qu'il pleurait, ce qui n'a fait qu'accentuer ma terreur.

À l'intérieur du bâtiment, les deux malabars m'ont poussée dans une petite pièce sans aération et m'y ont enfermée à double tour. La gorge serrée, j'ai attendu que papa se rende compte qu'il avait fait une terrible erreur et qu'il vienne me chercher. Mais je l'ai entendu parler à une femme, puis notre voiture a démarré. Le bruit du moteur s'est éloigné et j'ai éclaté en sanglots. Personne n'est venu. J'ai tellement pleuré que j'ai fini par m'endormir. Quand je me suis réveillée, une heure plus tard, j'avais oublié où j'étais. Puis ça m'est revenu d'un seul coup et j'ai compris ce qui se passait. Le Monstre. C'est à elle que je devais cette situation. La rage a alors pris le pas sur la peur et la tristesse. Le plus curieux, c'est que, peu à peu, un autre sentiment a fait surface. Quelque chose comme de la déception. Et je me suis aperçue que, en dépit de tout, j'aurais vraiment aimé aller voir le Grand Canyon.

[...]

Composé par Nord Compo
à Villeneuve-d'Ascq (Nord)

Impression réalisée par

BRODARD & TAUPIN

La Flèche (Sarthe), le 03-12-2012
N° d'impression : 71018

Dépôt légal : août 2010
Suite du premier tirage : décembre 2012

Pocket Jeunesse, une marque d'Univers Poche,
est un éditeur qui s'engage pour
la préservation de son environnement
et qui utilise du papier fabriqué à partir
de bois provenant de forêts gérées
de manière responsable.

www.pocketjeunesse.fr
POCKET JEUNESSE

12, avenue d'Italie – 75627 PARIS Cedex 13